175
97

EN

EN PAYS HINDOU

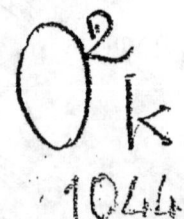
Sixième série. — Format in-8° carré.

Typographie Firmin-Didot et Cⁱᵉ. — Mesnil (Eure). — 6442.

Fig. 1. — Temple de Vreypal Teypal dans le Rajpoutana.

A. DE GÉRIOLLES

EN
PAYS HINDOU

IMPRESSIONS D'UN ENSEIGNE DE VAISSEAU

OUVRAGE ILLUSTRÉ DE 22 GRAVURES

MAISON DIDOT

FIRMIN-DIDOT ET Cie, ÉDITEURS

IMPRIMEURS DE L'INSTITUT, 56, RUE JACOB

PARIS

EN PAYS HINDOU

I

IMPRESSIONS D'UN ENSEIGNE DE VAISSEAU

Il me souvient qu'au retour de ses longs
voyages, alors que me prenant sur ses genoux,
mon père de sa belle voix grave me racontait
pour la centième fois, avec une patience in-
lassable, les merveilles contemplées au pays
d'outremer, c'était toujours vers la terre splendide et mystérieuse de l'Inde que ma fantaisie enfantine le ramenait, et c'est enflammé,
ravi, que mon jeune esprit le suivait sous les
palmes gigantesques, au bord des fleuves déifiés où se mirent les palais de marbre et d'or,
dans ce monde d'enchantement, qui me semblait alors un pays de féerie, surnaturel, mais
cependant accessible. Quand finissaient les ré-

cits charmeurs, je ne manquais jamais de m'é-
crier avec enthousiasme :

— Tout cela, père, je le verrai, car je veux
être marin, un brave marin comme vous !

Sa main caressait alors plus tendrement mes
boucles flottantes de bambin, cependant qu'une
flamme de paternel orgueil illuminait son regard.

— Oui, me disait-il, marin comme l'ont été
tous les tiens depuis deux cents ans, donnant
comme eux toute ta vie, tout ton dévouement
à la France...

Cette hantise — voir l'Inde — la contrée
unique, incomparable, aux forêts gigantesques, aux architectures prodigieuses, aux
divinités étranges, aux rajahs fastueux, aux
fakirs invraisemblables, a poursuivi toute ma
jeunesse; j'y rêvais en rade de Brest, bercé
sur mon étroite couchette du Borda, par le
clapotement du flot court, et c'est aux ciels
hindous, pâles de chaleur, que je songeais durant mes quarts grelottants, dans la nuit dure
et glacée des latitudes arctiques.

Et maintenant mon désir intense d'enfant
va s'accomplir. Nous approchons de la terre
enchanteresse et charmante, mais aussi de la

terre terrible où, sans trève ni repos, l'espèce
humaine est condamnée à se défendre contre
une foule de monstres minuscules ou géants,
gloutons, voraces, toujours inassouvis, et voilà
que très nets les chers récits d'autrefois re-
viennent en foule à ma mémoire.

Au sein de la mer traîtresse, les requins;
sous les eaux brunes des fleuves, des étangs,
les alligators boueux; sous les fleurs — selon
la formule classique — les serpents; dans les
mousses, le redoutable scorpion noir; dans la
poussière même, les fourmis pourpres à la piqûre enragée; enfin au cœur des forêts et des
jungles, l'éléphant, le rhinocéros, le buffle,
le tigre, la panthère, le loup, le chacal; c'est
complet!

Parfois, alors qu'en sa maisonnette jolie, aux
murs de bambou, ou, — selon la fortune —
plus solidement édifiée en terre recouverte
d'un toit plat et fleuri, l'Hindou sommeille, il
arrive que tout à coup un bruit sourd, inquié-
tant, le réveille, le fait sursauter... Paoum!...
paoum!... Le pauvre homme ne s'y trompe
pas, c'est la façon — sans façon — dont frappe
quelque éléphant tourmenté par une vieille
rancune, souvenir de chasse ou autre, et qui,
après avoir mis à sac, champs, cocotiers, ba-

naniers, composant le petit domaine, cherche à compléter sa vengeance et fait le siège de la maison dans les règles, sa trompe lui servant de bélier. Dans ces cas désespérés, nulle autre ressource pour l'Indien que de tirer de nombreux coups de feu, et, s'il peut s'échapper par quelque porte de derrière, d'allumer autour de sa demeure de véritables incendies.

Il y a du reste diversion dans ces sortes d'aventures; de temps en temps, c'est le tigre mangeur d'hommes (*man-eater*) qui, d'un bond formidable, sautant sur le toit de chaume, le fouille de ses pattes furieuses, et clame à la lune jusqu'au jour, son sinistre rauquement.

Dès que le terrible fauve, si redouté des Hindous, a goûté une fois à la chair humaine, il n'en veut plus d'autre, et s'établit à demeure dans les environs d'un village, pour y satisfaire ses sanglants appétits. Le nombre des victimes ainsi englouties en une année est parfois lamentablement respectable — quatre-vingts!

Quant le man-eater en est là, on s'empresse de le faire passer à l'état de dieu, petite flatterie intéressée qui ne réussit guère avec une majesté aussi affamée; les hécatombes continuent de plus belle et bientôt, en désespoir de cause, le village est abandonné.

Si le tigre a été tué avant sa promotion à la dignité royale, l'on mande un prêtre chargé d'appeler en soi les esprits mauvais qui naguère animèrent la bête fauve ainsi que les esprits de ses victimes, qui rôdent, soi-disant chaque nuit, autour de leurs anciennes demeures. Avec force gestes, contorsions et cris, le prêtre procède à l'exorcisme ; peu à peu il se monte, en vient à croire positivement que c'est arrivé, que tout ce salmigondis d'esprits infernaux, de mânes inquiets s'agite en lui. Enfin, parvenu au comble de l'exaltation et de la férocité qu'il estime passées en lui, le brahme se jette sur un chevreau vivant, le déchire à belles dents, plonge sa tête dans les entrailles fumantes de la pauvre bête, et se relevant, montre sa face toute sanglante aux assistants.

C'en est fait ; après un pareil exploit, les esprits infernaux sont conjurés, on peut dormir tranquille, et personne ne verra plus apparaître les âmes en peine ; le man-eater est vaincu.

Quant au seigneur à la grosse tête, à messire Lion, il a presqu'entièrement disparu de l'Inde, et le chasseur ne le rencontre guère que dans la presqu'île de Kattyvar, dégénéré, de petite taille, et totalement privé de crinière, ce qui

pour tout lion qui se respecte est le comble de
l'humiliation.

La collection des serpents — ils sont dieux,
bien entendu — est extraordinairement variée.

Pour peu que l'on interroge, on apprend
avec stupeur que presque tout est divin dans
cette Inde bizarre. Ces serpents-dieux sont partout, issent de partout; serpents d'eau douce,
serpents d'eau salée, serpents de terre, au
choix; jusqu'à présent il n'en est pas encore
tombé du ciel, c'est déjà quelque chose.

Naturellement le plus dangereux de tous, celui dont la morsure est mortelle, *la cobra*, est
le reptile sacré par excellence; les effigies de
dieux, les monuments antiques et modernes,
en sont presque invariablement ornés; ils y
grouillent de la base au sommet.

Le bilan du tigre et du serpent réunis est assez joli; ils s'offrent une moyenne de vingt
mille victimes chaque année!

Divinités aussi, les singes, entre autres le
grand dieu orang-outang *Hanouman*. Bien in-
grate en vérité, cette race pillarde, narquoise,
effrontée, qui lorsque l'Hindou, son adorateur,
abandonne sa case, le dévalise en conscience,
avec la dextérité de nos cambrioleurs parisiens. Tout leur est bon; chargés de victuailles

et de toute sorte de butin, ils se retirent, égayés, insolents, à l'abri de la forêt prochaine.

Sacrés, archi-sacrés, ces messieurs de la race simiesque ; le meurtre d'un des leurs est un des plus grands crimes qu'aient prévu les lois religieuses de l'Inde. Quelques Européens, pour n'avoir pas voulu prendre la chose au sérieux, ont couru de véritables dangers, voyant leurs maisons assaillies, leur vie menacée par la foule exaspérée.

Les savants nous apprennent que les premiers habitants de l'Inde étaient des noirs, misérables négrillons, petits de taille, à la chevelure laineuse et crépue, aux traits écrasés, qui habitaient l'est et le centre. D'autres, nègres aussi, mais de plus belle stature, aux cheveux lisses, aux traits moins grossiers, peuplaient le sud et l'ouest. On retrouve encore de nos jours quelques vestiges de ces races primitives, dans les montagnes et les vallées de Nilghirris.

Le premier élément étranger qui pénétra dans l'Inde, fut l'élément Touranien ; ensuite vinrent les Aryens qui eurent à combattre, non plus des peuples sauvages, mais des États fortement organisés par les premiers conquérants.

Quinze siècles avant Jésus-Christ, les Aryens

n'avaient pas encore depassé la région qui s'é-
tend au pied des monts Vindhya; ce fut à peu
près vers cette époque que, devenus maîtres,
ils divisèrent leur peuple en quatre grandes
castes.

La première fut celle des *Brahmanes*. Les
brahmanes étaient considérés comme des êtres
quasi-divins intermédiaires entre les hommes
et Dieu, et parmi eux se recrutèrent les prêtres.

Cette qualité de brahmane est héréditaire;
on naît brahmane comme on naît prince, duc
ou marquis; cependant tel brahmane tombé
dans la misère peut se livrer à toute espèce de
métiers, devenir mendiant même; le respect
attaché à son titre n'en demeure pas moins
tout entier; l'on a vu des rajahs, des rois de
caste secondaire, descendre de leurs éléphants
pour saluer humblement le mendigot chemi-
nant à pied dans la poussière de la route.

Telle était la fascination de ce titre, que certains souverains osaient à peine solliciter la
main de la fille d'un brahmane, et c'est uniquement parmi cette classe que se rencontrent
aujourd'hui les rares rejetons de la pure race
Aryenne.

Pas une sinécure, d'ailleurs, cet état de brahmane! L'enfance et l'adolescence tout entières

étaient consacrées à l'étude compliquée des
livres saints.

Vers l'âge de onze ou douze ans, on pas-
sait sur l'épaule de l'élu le cordon symbolique
qui, lui donnant, prétendait-on, une nouvelle
vie, le faisait enfant de Brahma. Dès la prime
jeunesse le brahmane se mariait, devenait
chef de famille ; mais parvenu à l'âge mûr, il
devait renoncer de façon absolue à cette famille, à cette femme, à ces enfants toujours si
chers à l'Hindou, pour aller se livrer dans une
solitude complète, à la plus ardue des médita-
tions ; enfin quand sonnait l'heure de la vieillesse, le brahmane depuis longtemps adonné
aux jeûnes, à la contemplation, à la prière
incessante, méritait, par ses vertus, d'entrer
en communication directe avec les dieux, et
se préparait à la mort.

La seconde caste fut celle des *Kchatryas* ou
guerriers, caste déjà très séparée de celle des
brahmanes, très inférieure.

Les chefs de guerre prirent le nom de « rajahs, » c'est-à-dire « brillant, » et devinrent
dans la suite souverains absolus des diverses
provinces.

La troisième caste, les *Vaïsyas*, cultivateurs,

marchands, etc., s'éloigne des Kchatryas bien plus encore que ceux-ci ne s'éloignent des Brahmanes.

Enfin venait la dernière caste, celle des misérables *Soudras*, formée de la masse des peuples vaincus, race soi-disant impure, et par cela même profondément méprisée par les trois autres.

Les pages héroïques de *Ramayana* — cette Iliade hindoue — racontent dans un langage touffu, embrouillé, poétique comme tout ce qui touche au génie indien, les hauts faits de la conquête des Aryens, et nous les montrent prenant pour alliés dans un méli-mélo étonnant et saugrenu, les dieux, les éléphants et les singes.

Le *Rig Véda,* le grand poème religieux de l'Inde, apparut quinze siècles avant notre ère, et l'esprit demeure confondu, saisi d'admiration, devant cette œuvre grandiose d'une race encore à demi sauvage, œuvre dont l'immortelle beauté devait traverser les siècles.

Le premier culte des Aryens fut celui des ancêtres auxquels ils offraient des holocaustes; laisser les ascendants sans sacrifices eût été pour ces âmes primitives, aussi monstrueux que le serait parmi nous l'abandon de parents, vieillis et nécessiteux.

Au banquet du sacrifice étaient censés assister, non seulement les mânes des aïeux, mais encore les âmes destinées à habiter, dans l'avenir, les corps des futurs descendants de la race; c'était la famille toute entière réunie dans le passé, le présent et l'avenir.

En cette admirable société aryenne, le père de famille, revêtu d'une autorité absolue, était prêtre et sacrificateur.

De tous temps, chez les Hindous, le mariage a été considéré comme le grand événement de la vie humaine, comme la fête par excellence, et ils le célébraient avec éclat dans des solennités imposantes et joyeuses pour lesquelles ils allaient parfois jusqu'à la ruine.

Fait qui se rencontre bien rarement parmi les peuples de l'antiquité, la femme, chez les Aryens, était l'égale de l'homme, et on lit dans les *Védas* cette poétique louange :

« Viens, ô belle épouse, femme au cœur
« tendre, au regard charmant. Viens, ô toi
« qui es bonne pour ton mari, pour tes enfants,
« pour tous les hommes tes frères, pour tous
« les animaux tes humbles amis. Viens et salut

« à toi, envoyée des divinités suprêmes de qui
« naissent des héros. »

Pour de la littérature qui remonte presque
au déluge, voilà qui n'est pas trop mal.

Au culte des aïeux, les Aryens joignirent
bientôt celui du feu, sous le nom d'*Agni*, et
celui d'*Indra*, roi du ciel.

Plus tard vinrent les deux grandes cultes de
Siva et de *Vishnou*, qui dominèrent l'Inde,
formant avec le grand, le mystérieux *Brahma*,
la trinité hindoue ou *Trimartri*. Brahma, puis-
sant par-dessus toute puissance, fut considéré
comme créateur, conservateur de toutes choses; Siva apparut comme destructeur, aidé
dans sa tâche par *Kali*, sa femme, hideuse
reine de la mort.

Tout lieu de culte eut son étang sacré, où
l'Indien vint chaque matin et chaque soir se
livrer à un bain purificateur, au moral s'entend, car les eaux stagnantes de ces lacs man-
quent parfois de la limpidité la plus élémen-
taire, pour ne pas dire plus.

Cinq siècles avant Jésus-Christ, apparaît
Çakya-Mouni, le doux, le miséricordieux
bouddha, dont la doctrine n'atteignit son complet développement que deux siècles plus tard.

Le sublime ascète, dont le véritable nom était *Gantama*, vint au monde à Kapilavastou, au

Fig. 2. — Types et costumes divers de femmes hindoues.

sud du Népal; la légende le fait naître d'une vierge.

Il était de race royale, et celui qui devait un

jour vivre en mendiant et régénérer l'Orient, en prêchant la charité et l'égalité, fut élevé avec toute la grandeur et la magnificence d'un prince héritier.

Très jeune, le futur bouddha épousa une belle jeune fille qu'il aima tendrement et de laquelle il eut un fils.

Mais bientôt l'ambition de devenir bouddha — ambition sainte au point de vue hindou — c'est-à-dire de posséder l'intelligence absolue, la vision surnaturelle des existences antérieures et futures, de comprendre le but de la vie, et d'entrer enfin dans l'immuable paix (le Nirvana), le poussa vers la solitude.

Çakya-Mouni abandonna donc sa femme bien-aimée, son fils au berceau, ses parents, ses amis, ses trésors, prit dans sa main la coupe aux aumônes, et s'en alla humble et nu par les chemins, vivant de charité. Arrivé enfin en un désert de jungles, il y demeura et s'y adonna longtemps à de telles pratiques de jeûnes et de macérations, que parfois il demeurait de longues heures sans connaissance.

Le *Lalita Vistara*, manuscrit du Népal, nous dit que le saint homme souffrit en ce lieu de mille tentations du démon, et qu'il les vainquit toutes par sa sagesse et la fermeté de sa foi.

L'arbre sous lequel Çakya-Mouni se livra à la prodigieuse méditation de jour et de nuit, qui dura plusieurs années, s'élevait à l'endroit nommé aujourd'hui *Bouddha-Gaya*; c'est un but de pèlerinage vénéré où, devant le temple Bouddhiste, l'arbre sacré est toujours remplacé par les fidèles, alors qu'il approche de la vieillesse.

C'est de ce lieu que Çakya-Mouni, parvenu enfin à la qualité de bouddha, se leva pour aller prêcher ses frères. Ses discours bouleversèrent l'Inde; nul jusqu'alors n'avait ainsi remué les foules; le parfait ascète les touche, les conquiert en s'intéressant à leurs souffrances, en partageant leurs aspirations, en pansant les plaies de leurs cœurs martyrisés.

Saisi de compassion profonde, Bouddha s'apitoie sur la douleur des hommes, leur enseigne la charité, leur révèle l'espérance; là est tout le secret du prodigieux ascendant qu'il exerça sur les foules.

Nulle morale aussi pure n'avait encore été enseignée à un peuple; nulles paroles plus douces n'avaient consolé sa misère; nulle compassion plus profonde ne l'avait enveloppé. La prédication de Bouddha transforme des barbares sanguinaires en hommes paisibles, pitoyables; les sacrifices sanglants sont abolis, des effigies d'osier remplacent les victimes humaines.

Dans toute l'étendue de son vaste empire — toute la partie septentrionale de la péninsule — le roi Asoka fait graver sur des rochers et des colonnes de granit les sentences et les maximes du maître; peu à peu la doctrine d'amour se mue en une religion régulièrement constituée qui a son culte, son clergé, tout en laissant subsister les divinités brahmaniques; les sectes bouddhiques se multiplient; de tous côtés des monastères s'élèvent sur le sol ou se creusent dans les rochers; durant cette période, l'Inde se couvre de monuments merveilleux.

Çakya-Mouni est devenu le bouddha suprême, on lui élève des autels; l'égalité apparaît au moins dans les temples où le Soudra enfin admis adore l'ascète, et dépose devant son image l'offrande des fleurs, à l'égal des Brahmanes, des Kchatryas, des Vaïsyas superbes, qu'en ce lieu seul il peut coudoyer.

Des asiles, des hôpitaux, sont fondés; on en construit même pour les animaux qui bénéficient de l'universelle pitié.

Les livres bouddhistes enseignent avec une douceur infinie les devoirs des êtres envers les

êtres; ceux des enfants envers les parents semblent avoir préoccupé spécialement le réforma-
teur; un axiome admirable dit ceci : « Un enfant prendrait-il son père sur une épaule, sa
mère sur l'autre pour les porter ainsi cent années autour du monde, qu'il ne leur rendrait
pas la millième partie de ce qu'il en a reçu. »

C'est un règne de bienveillance et de paix,
relativement trop court (mille années), mais
qui a le tort grave de ne pas satisfaire les
brahmes en diminuant leur influence et leur
pouvoir; sapé par leurs intrigues, le boud-
dhisme retourne à sa source première, le brah-
manisme ou hindouisme, la religion actuelle
de l'Inde.

C'est environ trois ou quatre siècles avant
notre ère, que la civilisation brahmanique atteignit tout son développement; à la même
époque, s'il faut en croire des travaux récents
appuyés sur des documents irrécusables, apparaît le fameux recueil des lois de Manou, le
Manova-Dharna-Sastra, que jusqu'alors on
croyait édifié à une époque infiniment plus re-
culée, et qui devint le code civil et politique de
l'Inde.

Sous les lois nouvelles, la femme perd la situation d'égale de l'homme que lui octroyait le système aryen.

L'auteur du *Manova* dit en parlant d'elle :

« Une petite fille, une jeune femme, une femme avancée en âge, ne doivent jamais rien faire selon leur volonté propre, même dans leur maison.

« La femme est sous la garde de son père pendant son enfance, de son mari pendant la jeunesse, de ses enfants pendant la vieillesse. »

Cependant, pour le respect dû aux parents, Manou place la mère très au-dessus du père. « La mère, dit-il, est mille fois plus vénérable que le père. »

A ces placides Hindous, êtres naïfs, facilement crédules, il avait inculqué cette idée étonnante que sous la forme humaine de rois ou de rajahs, s'incarnent les dieux composant leur innombrable olympe; d'où cette admiration et ce respect du peuple pour ses souverains que les vieux manuscrits nous représentent toujours la tête ceinte d'une auréole.

Si excessif que cela puisse sembler, tout ce qui a été écrit sur la somptuosité de l'Inde antique, est non seulement d'une vérité absolue,

Fig. 3. — Les anciens manuscrits ne représentent les souverains
que la tête ceinte d'une auréole.

mais encore ces récits donnent difficilement une idée juste de ce faste sans pareil.

Ici, nous devrons nous répéter, et employer constamment les mots or, diamant, richesses, merveilles.

Sur le sol des vieilles cités s'élevaient des palais, des temples — la plupart en marbre — aux innombrables piliers revêtus de lames d'or parsemées de pierres précieuses; fréquemment un seul de ces temples était desservi par deux mille prêtres, abritait cinq cents bayadères vêtues avec un luxe inouï. Et ce n'étaient que salles aux panneaux d'or constellés de diamants, séparés par d'élégantes arcades en ivoire finement ciselées, larges baies garnies de cordons de perles, pavé d'albâtre voilé de tapis somptueux.

Certaines de ces demeures, réellement féeriques, possédaient leurs ateliers de joaillerie, leurs fabriques de parfums; toutes avaient d'immenses écuries où éléphants, chevaux et dromadaires se comptaient par milliers.

Des idoles, presque toujours en or massif, dont les ornements disparaissaient sous les lourds joyaux, entouraient les sanctuaires; parfois les flancs de ces divinités étaient pleins de perles; c'était là leur trésor particulier.

A Lucknow, le trône des anciens rois — en or et diamants — valait 500.000 francs de notre monnaie. Un de ces souverains magnifiques fit élever à son cheval favori, au milieu de jardins délicieux, un mausolée qui passe pour une des merveilles de l'art.

La vaisselle des temples et celle des rajahs était en or battu.

Au cours de l'une de leurs invasions les musulmans purent charger quatre mille chameaux de butin, et les soldats, pliant sous le faix, abandonnaient sur les routes l'argent trop pesant, pour ne conserver que l'or. De l'or, de l'or, toujours et partout de l'or!

II

CALCUTTA

Nous approchons de la terre rêvée...

Lentes journées monotones sur les eaux incomparables de l'océan Indien, sous le ciel
inexorable, chauffé à blanc, des régions tropicales; les longues nuits que diamantent les
énormes constellations équatoriales, donnent à
peine quelques heures de fraîcheur, l'ennui
gagne le bord.

Enfin, un beau matin, comme je me réveille
à l'aube joyeuse, je vois une mer étrange,
vaseuse, dont les volutes lourdes luisent d'un
éclat métallique; nous touchons à l'embou-
chure de l'Hoogly.

Bientôt une rive apparaît, rive de boue grise
et molle; au second plan s'élevant dans le ciel,
comme un tableau de féerie, la végétation formidable de l'Inde, touffes de bambou pleu-

reurs, grandes palmes triomphantes, cocotiers raides sous leurs panaches royaux, enchevêtrement de lianes folles.

Plus loin est la jungle effrayante, asile des grands fauves mangeurs d'hommes; çà et là une brume légère signale les marais pestilentiels regorgeants de reptiles, d'alligators, de crapauds géants.

Rive empestée dans sa magnificence, où fièvre, choléra, anémie font leur métier de destructeurs sinistres.

Soudain le fleuve dessine un coude; des eaux tranquilles surgit un pullulement de toits, une agglomération inouïe de maisons, de palais, et Calcutta tout entière resplendit sous le soleil.

C'est ici le règne du blanc; ciel blanc comme plâtre, surchauffé; maisons blanches, milliers de jupes immaculées serrées sur les torses souples et bruns.

Cette Calcutta est belle, mais combien, en dépit de son paysage tropical, de ses grands enfants demi-sauvages, de ses minces bengalis entortillés de mousseline claire, nerveux, prompts, intelligents, de ses femmes bronzées, le buste et la tête fine si pittoresquement drapées dans le *sari* traditionnel, combien cette Calcutta, reine de l'Inde, ressemble à Londres et à Paris! Trop, beaucoup trop, tellement, que je ne vois pas encore ici la réalisation de mes rêves.

Magasins, bureaux, — où le travail n'est possible que sous le large balancement des *pankas* — affiches colossales, voitures, tramways, fabriques, tout cela est européen, archieuropéen et pour comble, un peu partout des statues anglaises se dressent, raides, solennelles sur le ciel; nous ne sommes pas seuls atteints de la démence statuomane, c'est une légère consolation.

Dans les larges voies bordées de résidences monumentales, une foule court, se presse, affairée : types intéressants, divers, accourus de tous les coins de l'Inde, au pourchas effréné de l'argent. En cette superbe cité, l'un des plus grands marchés du monde, tout cela grouille, s'agite, se démène dans un tumulte, dans un bruit dont aucune capitale d'occident ne peut donner une idée. Le soleil, tyran du ciel et du sol hindoustanique, jaunit très vite la face et grossit le foie des Européens, les anémie, renvoyant chaque année à l'Angleterre tant de ses fils, pauvres soldats invalides, exténués, finis.

Nous sommes en un de ces jours de chaleur intolérable où les magasins se ferment, où

tous les moyens de locomotion s'arrêtent, où
dans les rues tout devient solitude, silence.

Mais vers cinq heures, le soleil perd enfin de
sa force, la ville endormie se réveille; je frète
une voiture et cours les rues à l'aventure.

Partout des hommes vêtus, ou plutôt dévê-
tus de lambeaux d'étoffe, courent, lançant sur
la poussière étouffante, l'eau des outres de cuir
qu'ils pressent sous leurs bras.

Le méli-mélo asiatico-européen s'accentue :
voici deux éléphants de la plus belle venue,
superbement caparaçonnés, chargés de far-
deaux, qui s'arrêtent placides, et regardent
passer le tramway; de gros *babous*, produits
piteusement ratés des écoles anglaises pour la
formation de fonctionnaires indigènes, se pré-
lassent dans leur calèche au galop de leurs
chevaux arabes, étalant leur importance et leur
sottise, hautains avec leurs semblables, plats
avec le maître anglais qui les méprise.

De jeunes *boys*, aux grands cols raides cou-
pant de leur blancheur la courte veste de drap
léger, trottent sur de petits poneys du Pégu
— des merveilles — suivis de domestiques hindous singulièrement cocasses sous la livrée
européenne.

Des Européennes pâles, anémiées, d'une

élégance charmante, passent dans leurs lan-
daus corrects.

Fig. 4. — Deux éléphants de la plus belle venue, superbement
caparaçonnés.

On me montre une jeune fille anglo-in-
dienne, *professional-beauty* fort originale
avec les larges anneaux d'or de ses oreilles, la

frange de monnaies rares et de croissants qui
frémit au-dessus de ses beaux yeux, sous l'en-
voilement vaporeux de ses gazes.

Si l'on y regarde de près, on trouve bien pré-
caire cette splendeur de Calcutta, ces magnifiques maisons, ces palais, que ronge un air
humide et salin, ce fort Williams, qui a coûté à
l'Angleterre la bagatelle de cinquante millions; tout cela est édifié sur un terrain insta-
ble, marécageux; l'eau suinte des murs salpê-
trés, les rez-de-chaussée sont inhabitables.
Une menace de destruction trop réelle plane
sur la grande cité, toujours à la merci des va-
riations du Gange et de l'Hoogly à l'époque des
moussons. Mais qui songe à ces choses, parmi
ces Européens rués à la curée, parmi ces Hindous indolents, si facilement résignés à leur
sort, du moins en ce qui ne touche pas à la
caste et à la religion, et d'ailleurs absolument
fatalistes, désintéressés de la mort ou de la vie,
et pour lesquels ce mot « demain » n'a pas de
sens.

J'essaye de pénétrer dans les quartiers indigènes : ici des rues plus étroites, mais dans lesquelles la fourmilière asiatique est plus pres-

sée, plus remuante encore; c'est un bourdonnement de ruche, une poussée en avant à donner le vertige.

Ces rues s'enchevêtrent, tournent, retournent en un labyrinthe sans fin.

De temps à autre, des cigognes en embuscade aux sommets des toits, se laissent tomber, les pattes tendues, au milieu de la foule, recueillent quelque fruit, quelque détritus abandonnés.

Du seuil des bazars les marchands foncent sur moi, criant à tue-tête : « Sahib! sahib! » et, ne pouvant réussir à m'arrêter, ils emboîtent le pas à ma voiture, m'offrant mille petits objets sans valeur, fanés, détériorés; ils trottent, trottent, parlent, parlent, font l'article avec véhémence... quels poumons! quels jarrets!

Pour me délivrer de cette trop nombreuse compagnie, je me décide enfin à entrer dans un bazar indigène : une fade odeur de tabac, de moisissure, de sueur humaine, d'huile de coco rance, me saisit; la saleté est inénarrable : sur le sol enduit de bouse de vache, préservatif infaillible contre les fourmis et les cancrelats, quelques formes vagues s'agitent où l'on ne sait quoi de très brillant luit... Des

yeux vraiment, d'immenses yeux de diamant
noir appartenant à messieurs les *babies* de la
famille, lesquels se tortillent là avec délice
comme des vers, leur petit ventre se frottant
familièrement à l'enduit sacré.

Pour me faire honneur, le marchand procède
à sa toilette de cérémonie, se ceint les reins
d'un chiffon de toile, pose sur son chef un petit turban rouge, puis, très majestueux, mâ-
che le bétel, envoyant au loin avec noblesse un
jet de salive rouge; quelquefois cela atteint
l'un des jeunes crapauds... Peuh! cela est sans
importance, l'Hindou n'y regarde pas de si près.

A ma sortie de l'immonde boutique, je crois
sentir quelques démangeaisons inquiétantes :
imagination peut-être; en tout cas je n'ai pas le
loisir d'analyser cette sensation, envahi que je
suis par la foule des mendiants, un assortiment
complet de mains brunes, maigres, tremblan-
tes, qui, piteuses se tendent vers moi... Vite
quelques *bakchichs* (aumônes) pour donner
un peu de joie à ce pauvre monde noir... et
dégager les abords de ma voiture.

Près des échoppes mal odorantes des marchands de poisson, rôdent des troupes de cor-
neilles et quelques aigles étiques, passablement
déplumés, qui se chargent de nettoyer chaque

soir échoppes et bazars, sans préjudice du
menu fretin dextrement enlevé à la moindre
distraction du propriétaire.

Fig. 5. — Cette pagode moderne dont Calcutta se montre si fière.

Partout ici on retrouve ce mélange de splendeur et de misère propre à tout l'extrême-orient:
or et haillons, diamants et loques sordides...

Aujourd'hui, visite de cette pagode moderne dont Calcutta se montre si fière...

Heu! elle me semble d'un aspect bien lourd, bien ramassé, bien loin de la richesse sculpturale, de l'audace prodigieuse des architectures anciennes.

Déjà, sous un envahissement d'herbes folles, elle prend cet air de vétusté, d'abandon, auxquels l'incurie indienne condamne fatalement tous ses monuments.

A l'entrée, les prêtres drapés de jaune qui m'accueillent, semblent se consulter du regard. Je décline ma qualité d'officier de la marine française, et le prestige que le titre de Français a gardé dans l'Inde est tel, que tout aussitôt mes brahmes se confondent en interminables plongeons, m'engageant avec toute la grâce dont ils sont capables, à pénétrer dans le sanctuaire.

Ce temple est d'une richesse inouïe; au fond du tabernacle, une idole très laide se pavane sur des fleurs; plus loin encore est un réduit mystérieux interdit aux profanes, où je distingue vaguement des formes indécises de dieux dorés, des silhouettes de bayadères qui glissent sans bruit.

En sortant de l'ombre et de la fraîcheur de

cette pagode, l'air me semble étouffant. Arrêt
dans une case à l'ombre des cocotiers régle-
mentaires. Par la porte largement ouverte,
j'aperçois à l'intérieur une jeune femme, les
bras nus, maigres, très purs de dessin, qui
se livre avec la noblesse et la lenteur particu-
lières aux Hindous, à la plus singulière des
cuisines; au fond d'un large récipient, de ses
doigts menus, elle pétrit du fumier de vache,
en faisant de grosses galettes rondes trop
odorantes, destinées à servir de combustible,
puis, en rangées régulières les applique encore
fraîches sur les murs; voilà un système de
décoration auquel nos tapissiers parisiens n'ont
certainement pas songé, et qui aurait tout au
moins le mérite de la nouveauté.

Appuyé contre la muraille, un petit bonhomme haut comme une botte, d'une belle
couleur chocolat, nu comme un ver, les cheveux en broussailles, me regarde sans bouger
— à peine curieux — de ses beaux yeux tristes
et pensifs, de ses beaux grands yeux de petit
être souffrant, mélancolique.

Me voyant passer le seuil, la femme se précipite, se lave sommairement les mains dans
une moitié de noix de coco, et place devant
moi sur des feuilles fraîches, un peu de lait,

des fruits. Ses doigts maigriots gardent encore

Fig. 6. — Appuyé contre la muraille un petit bonhomme
haut comme une botte.

quelques traces du travail qui l'occupait avant

mon arrivée; mais elle semble si heureuse de l'hospitalité donnée, que malgré la nausée montante, je bois et mange; refuser serait mal, je blesserais profondément la pauvre créature douce, prévenante, silencieuse, si fière de m'avoir sous son toit.

Dans la rue cette femme me tendrait la main, peut-être; ici, elle ne veut rien accepter, et c'est sous l'une des feuilles de son modeste couvert que je cache mon offrande.

III

DARJEELING

Embarquement à la gare de Bengale-Nord;
ce tableau de civilisation européenne en pleine
terre hindoustanique semble un rêve. Dans le
hall immense, des employés indiens vaquent
paisiblement à leurs emplois; des garçonnets
peu vêtus, gracieux, montrant un rire blanc
dans la face brune, offrent aux voyageurs des
fruits, des livres — anglais naturellement —
des journaux plus anglais encore, *papers* gigantesques, de taille à tapisser un wagon entier et parfaitement incommodes à manier.

Des Hindous, snobs vêtus du veston anglais,
les cuisses sombres, nues sous la blancheur
un peu transparente de la jupe, s'engouffrent
par les portières, s'installent avec l'aide d'un
bataillon de *boys*.

Des indigènes du nord, habillés à la façon
musulmane, s'entassent dans les wagons. Il

y a aussi quelques Chinois, toujours, partout. *John Chinaman* a le don d'ubiquité.

A l'arrière, à quelques cents mètres, des cris affolés d'Hindous en retard qui agitent désespérément les bras vers nous; l'Indien est régulièrement en retard ou en avance de deux heures, l'exactitude étant une vertu européenne qui ne fera jamais son nid dans la rêveuse cervelle d'un fils de Brahma. Parfois, on ne sait trop par suite de quelle aberration, ils essaient de suivre le train à d'assez grandes distances jusqu'à tomber suffoqués sur le sol.

La petite locomotive siffle tranquillement, sans trop nous déchirer les oreilles, et nous filons d'un train gentil, pas méchant.

Autour de moi l'éternel tableau des sorties de gare, wagons en arrêt, terrains vagues, réservoirs à eau, affiches monstres; cela pourrait être aussi bien la sortie de Paris qu'un coin de l'Asie; un peu plus loin cependant, la campagne monotone se veloute de rizières d'où s'élancent, çà et là, de nobles bouquets de palmes lustrées; puis bientôt tout s'évanouit dans l'ombre tombée et nous courons, courons, tel un train fantôme, à travers la plaine infinie qui de loin en loin participe de la pâleur des immenses rivières débordées.

Au réveil : pays plat, roussi de blés, comme brûlé; déjà, sous une lueur rose d'aube, des hommes vont au travail : population douce, patiente, qui tend le dos sous la géhenne, sans une plainte.

Ils sont deux cent cinquante millions, ces Hindous, nullement lâches et professant le plus complet mépris de la mort; deux cent cinquante millions d'hommes, que soixante mille Anglais dominent et maintiennent dans l'obéissance. Pourquoi? C'est que l'idée de patrie leur est inconnue; qu'ils ne connaissent que la religion et la caste, et que, même dans le but sacré de chasser l'étranger du sol natal, les castes ne se réuniront jamais.

Pour ce peuple enfantin et docile, le brahme est un oracle infaillible; le jour où les prêtres réuniraient les castes en une prodigieuse croisade, l'Anglais serait étouffé avant même de pousser un cri.

Un mien compagnon de route, qui en est à son troisième voyage dans l'Inde, me raconte de bien étonnantes choses relatives à l'influence extraordinaire, capitale, du brahme.

— Vous verrez, mon cher, me dit-il, des provinces où toute la religion des fidèles consiste en l'adoration aveugle d'une trentaine de grands-prêtres, qui portent en même temps le titre de *Maharajahs*, reçoivent cette adoration comme chose due, et vivent fort douillettement aux dépens de leurs trop crédules ouailles.

Pour vous donner une idée de la... naïveté — soyons polis — de ces peuplades, je vous citerai un témoignage irrécusable, celui de Malabari, le célèbre écrivain hindou dont les œuvres sont reconnues comme aussi consciencieuses que savantes.

Là, dit-il, — il parle de la province de Guzerat — le prêtre est absolument déifié; c'est l'incarnation vivante de Wishnou-Krishna, à qui tout bon fidèle doit consacrer son corps, son esprit, sa propriété et mieux encore tous les siens.

De l'état de choses que Malabari nous dépeint résultent quelques gentillesses du genre de celles-ci :

Pour être admis à l'honneur de contempler la sacro-sainte face du Maharajah.	5 roupies, soit 10 francs.
Pour celui d'effleurer sa sacro-sainte chair	20 roupies . . . 40 francs.
Pour laver ses illustres pieds.. .	35 roupies . . . 70 francs.
Pour la douceur suprême de s'asseoir à ses côtés.	60 roupies. . . 120 francs.
Pour celle plus superlative encore d'occuper la chambre consacrée par sa divine présence.	50 à 500 r. 100 à 1000 francs.

Malheureusement, Malabari ne nous dit pas les raisons de cet écart; peut-être est-ce plus cher la nuit que le jour, grâce à l'espoir d'entendre ronfler la divinité.

Enfin, pour le plaisir céleste, paradisiaque, d'être fustigé de sa providentielle main : 13 roupies (soit 26 francs) tarif réglé.

C'est pour rien, à la portée de toutes les bourses, joie des enfants, tranquillité des parents; on ne s'explique pas ce bon marché.

Non seulement je n'exagère rien, ajoute Malabari; mais attendez-vous à en voir bien d'autres. Tenez : en ce moment même, cela ne vous suggère rien, ces pieux fichés en terre autour des villages; cependant leur raison d'être se rattache à l'une des superstitions les plus enracinées de ce peuple :

Le soir, alors que la lune commence à darder ses pâles rayons, les habitants de ces huttes apportent pieusement sur un talus ou sur une pierre quelconque, qu'ils ont le soin d'arroser d'un liquide rougeâtre en souvenir des sacrifices sanglants d'autrefois, du riz, des fruits, du bétel, destinés, soit aux âmes des aïeux, soit aux esprits malfaisants en quête de tours pendables à jouer à l'humanité, et qu'il s'agit de se rendre favorables; or, comme ni mânes, ni génies ne doivent toucher le sol au cours de leurs excursions terrestres, ces pieux sont plantés là afin qu'ils puissent y appuyer leurs pieds.

J'en passe et des meilleurs; à l'égard des superstitions hindoues, c'est à Bénarès surtout que se fera votre éducation.

Depuis quelques instants je n'écoute guère que d'une oreille, préoccupé de quelque chose d'indéfini, de pâle, de flou, qui se lève gigantesque sur le ciel... Ce ne peut être l'Himalaya, nous en sommes séparés par plus de trente-cinq lieues encore! Un nuage? non; l'immobilité est absolue... Et cependant, cependant la colossale silhouette se précise, des neiges apparaissent, hautes dans l'éther à donner le vertige, dominées par la masse prodigieuse du Gaurisankar, roi des monts. C'est bien l'Himalaya — toit de la terre — comme disent les Hindous, fiers de ce géant de 7 à 8.000 mètres, qui de sa courbe colossale, de son arc déployé de granit, de forêts, de glaciers, ferme l'horizon tout entier. Pauvre baby de Mont-Blanc, haut de tes pauvres 14.430 pieds, salue ton maître!

A mesure que nous avançons, tout un monde nouveau se meut autour de nous; voici les Mo-

gols, les Thibétains, les Tartares, monta-
gnards bottés de feutre, un poignard à plusieurs lames passé dans la ceinture, la face
large, les yeux légèrement obliques, cheveux
noirs et plats, la barbe rare; actifs, prestes,
l'air très doux, très gai. Des femmes *lepchas*
montrent leurs robes rouge sang, leurs bijoux
barbares, leur costume quasi-sibérien, et c'est
au pied de ces monts sublimes, une variété
indescriptible de races blanche, jaune, noire,
parlant toutes les langues, une confusion de
Babel. Oh! que le volapuk y serait le bien
venu!

C'est aussi le pays des déluges; les pluies
qui tombent à l'époque des moussons sont des
pluies phénomènes, pluies impressionnantes
qui semblent devoir tout engloutir; les premiers cataclysmes qui ont secoué le monde devaient ressembler à cela. Les plaines deviennent marécages, les eaux limoneuses charrient
des corps d'animaux noyés, des miasmes dé-
létères, putrides, répandent partout la mort.
Voilà pourquoi, si proche des pays civilisés,
certains points de la région himalayenne sont
encore si peu connus.

Dans les terres détrempées, c'est une végétation des premiers âges qui naît, grandit avec

fureur, dans le feu que le soleil allume aux
profondeurs vaseuses, dans le brouillard tiède
des vallées.

Du pied de l'Himalayá — cette échine géante
du monde — à son sommet, il y a de tout,
depuis les grandes herbes molles, depuis les
jungles de bambou, jusqu'aux sapinières rigides au vert éternel, et c'est, dans cette enceinte formidable, une rumeur de torrents, de
cascades, un bouillonnement de fleuves en es-
capade, un roulement de rochers écroulés, un
tumulte d'avalanches, un fracas de tonnerre
qui font songer à ces primes heures de la créa-
tion où, sans cesse remuée par des convulsions
géantes, la terre se formait.

Au sommet, grand contraste; à peine teintées
de bleu sur le bleu intense, en communion avec
les grands espaces d'azur, un froid quasi-sidé-
ral, les neiges, les glaces éternelles étincelant
dans le silence, dans la paix.

Les forêts de l'Himalaya confondent l'imagination; chaque arbre est un phénomène que
des lianes enlacent, courant comme des folles
de l'un à l'autre, éclatantes de fleurs de pourpre
et d'or.

L'eau coule partout, imbibe les mousses,

perle à toutes les feuilles, luit sur les toits co-
niques des petites huttes lepchas.

Nous voici à près de 2.000 mètres; le froid
de l'Asie centrale commence; ces grands pla-
teaux arides au-dessus de nous n'appartiennent déjà plus à l'Inde mais au Thibet. De
grands villages gris, pittoresques, dégringo-
lent sur les pentes, au bord d'abîmes à donner
le vertige; les maisons à toits plats ressemblent
à des rochers, les rochers ressemblent à des
maisons.

A chaque instant de curieux instantanés dé-
filent; échoppes basses, noyées d'ombre, où
sur des planches humides s'étalent pêle-mêle
les fruits de la plaine et de la montagne, les
viandes sèches, les pièces d'étoffes, les petites
idoles de terre cuite ou de bois.

Tous ces Mogols, hommes, femmes, enfants,
petites ou grosses masses toujours carrées,
remuantes, vêtues de lainages rouges et de
peaux de bêtes, semblent patauger avec délice
dans la boue; les hommes étrangement bottés
de vert, coiffés d'un petit tricorne d'où s'é-
chappe une maigre queue de cheveux tressés,
ont un air vague de singes géants costumés
pour quelque mirifique représentation.

Aux stations on m'offre un assortiment de petit objets mogols, bizarres, biscornus, qui sentent l'influence de l'art chinois.

A l'une de ces stations, rencontre de trois beaux soldats cachemiriens qui retournent dans leur vallée : nobles faces intelligentes, très curieux arrangement de leurs cheveux roulés comme ceux des femmes et descendant jusqu'à leur ceinture. L'espèce de mitre colossale qui couronne leurs têtes aurait du succès chez nous, un jour de Mardi gras; mais elle ne semble point grotesque sur ces fronts énergiques. Ces braves, très civilisés, consentent volontiers à se placer devant mon objectif, et j'obtiens une excellente épreuve.

Sur les masses noires des forêts, entre 1.000 et 1.500 mètres d'altitude, est le long cordon des petites villes que les Anglais nomment Sante, Simla, Massouri, Darjeeling, et où chaque année, au moment des plus intolérables chaleurs, se transporte le siège du gouvernement.

Cette curieuse chaîne de l'Himalaya réunit à elle seule les différents climats du monde entier; sur les ultimes sommets, les neiges, les glaces, l'air irrespirable, ce que les indigènes nomment « le pays de la mort ». Plus bas, sur

Fig 7. — Ces braves soldats du Cachemire, très civilisés, consentent
volontiers à se placer devant mon objectif.

les pentes vertes, la douceur des printemps de
notre Europe, ses fruits, ses fleurs, ses oiseaux.
Fauvettes, rossignols y lancent leurs trilles, et
le moineau franc, gavroche de la race oiselle,
s'y montre effronté, familier, comme un vrai
pierrot parisien. Enfin, plus bas, dans la plaine
infinie, toutes les ardeurs tropicales, toute la
flore et la faune de l'équateur.

Suis-je bien dans l'Inde septentrionale, sur
les flancs de l'Himalaya, au pied de la Kitchi-
junga?

Les grandes affiches extravagantes de Calcutta me poursuivent jusqu'ici; tout un monde
anglais m'entoure : petites *girls* blanches,
roses, ébouriffées, à cheval ou à bicyclette,
splendides *young fellow* aux larges épaules,
babies incomparables, frimousses de Green-
way, aux cheveux de soie, aux immenses yeux
de bluets pâles.

Dans tous les coins de verdure, des villas,
qu'on jurerait transportées de Londres avec
leur jardinet coquet, fleuri de plantes d'Europe, leurs jeux de *crocket*, de *lawn-tennis*, de
foot-ball et leur gaie musique de rires heureux.

« Complet! complet! » Pour parfaire le tableau, voici la chapelle-omnibus où passent à

tour de rôle les diverses sectes protestantes,
éveillant l'idée d'un « ôte-toi de là que je m'y
mette » perpétuel, des plus comiques.

Ces diables d'Anglais, hautains, si dédai-
gneux de l'indigène, presque tous mariés,
chefs de famille, sont ici chez eux; ils empor-
tent l'Angleterre à la semelle de leurs bottes,
alors que nous, piètres colons, il faut bien le
reconnaître, n'apportons guère dans nos pos-
sessions françaises, que la nostalgie en herbe
et l'anémie à courte échéance, traîtreusement
cachées au fond de nos malles.

Anglais, archianglais, le *family-house* où
je descends. La maîtresse de la maison, très so-
lennelle sous le couvre-chef inimitable, fait de
rubans et de dentelles blanches, et que toute
fille d'Albion qui se respecte promène à tous les
coins du monde, préside la table et veille au
bien-être de chacun de ses hôtes...

Au plafond, beaucoup de petits lézards —
pas anglais — courent sur la surface plane et
lisse à laquelle ils adhèrent par les ventouses
de leurs pattes; il arrive parfois que ces ventouses ont des défaillances, et que le petit animal pique une tête dans le potage : on opère
tranquillement le sauvetage et tout est dit.

Beaucoup de chauves-souris — pas anglaises

non plus — entrent et sortent par l'ouverture
des larges *windows*, et de temps à autre, dans
la nuit, un jappement strident de chacal nous
rappelle que nous sommes au cœur de l'Asie.

Ma voisine, mistress Hayes, une charmante
jeune femme récemment arrivée d'Europe, pâ-
lit à chaque bruit insolite; elle a peur de tout et
de mille choses encore : cancrelats, araignées
colossales, mille-pieds, scorpions, serpents; sa
vie se peuple d'aventures tragiques desquelles,
jusqu'à présent, elle est sortie sans trop de
dommages. Chaque soir c'est avec la petite
mort qu'elle rentre dans ses appartements, et
elle ne se décide à se livrer au repos qu'après
avoir constaté, grâce aux plus minutieuses pré-
cautions, que sa chambre ne récèle aucune
bête maligne, puante, ou féroce.

Je lui souhaite — vieux style — une nuit
paisible, visitée de songes heureux, et bientôt
sur les flancs assoupis du vieil Himalaya, tout
se tait, tout dort.

Soudain, ô terreur! Des clameurs, des ap-
pels éperdus retentissent. Qui égorge-t-on,
grand Dieu?

On se précipite, qui sous le classique bonnet
de coton, à la façon du bon roi d'Yvetot, qui,
émule du grand Dagobert, ses vêtements un

tantinet à l'envers, qui, enfin, projetant sur
les murs blancs du couloir, en ombres cornues,
les deux pointes de son turban de foulard ;
deux ou trois ladies se sont entortillées de la
tête aux pieds dans leurs draps, et cela fait des
angles aigus, inquiétants, dont on se gare...

Les cris partent de la chambre de Mistress
Hayes, la porte s'ouvre, et la jeune femme se
précipite vers nous les cheveux dénoués, li-
vide de terreur, les yeux fous. D'un geste tragique elle désigne son lit :

— Là... là, c'est hôrrible !

On s'arme de gros bâtons, on approche avec
prudence, c'est peut-être un serpent, quelque
cobra capello... Si on allait le manquer...

Le drap est soulevé avec précaution et... le
plus gentil petit chat, le plus inoffensif des mi-
nets, se montre tout en boule fauve nous regardant malignement à droite d'un œil vert,
à gauche d'un œil bleu, tous deux aussi jolis
l'un que l'autre : un chat rare, un chat fait ex-
près pour la circonstance.

On en riait encore le lendemain... bien entendu quand la belle Mistress Hayes, légèrement décontenancée, ne put nous entendre.

. . . .

Ce matin, dès l'aurore, je visite un temple

lama, un temple chétif de terre battue et de tiges de bambou. Autour du rustique sanctuaire de longues perches sont plantées, d'où pendent des lambeaux de linge qui fut blanc — il y a très longtemps, et sur lesquels je distingue des caractères bizarres. Ces banderolles sont des porte-prières; en ce moment elles pendent lamentablement, mais vienne l'âpre vent de la montagne et la loque flottera vers les cieux, les dieux se pencheront et pourront lire.

A la porte, une rangée de tambours à oraisons qui, par bonheur, font silence en ce moment; au fond, voilé d'ombre, un vieux Bouddha mogol, grimaçant, tortu, ricane méchamment.

Cette petite horreur de temple est desservie par un bonze sale, déguenillé, qui lit on ne sait quel grimoire en lettres chinoises; il se dérange un instant pour me tendre la main, et satisfait sans doute de l'offrande, me reconduit jusqu'au seuil avec de profonds saluts.

Je grimpe jusqu'au Sinchul, sommet très proche dominant Darjeeling; de là nous découvrons le plus grand panorama qui se puisse embrasser sur notre petite planète. C'est splendide!

Au nord, les crêtes himalayennes baignées par le seigneur Soleil de rose et d'opale ; au sud , les plaines de l'Inde, les plaines infinies de la terre rouge avec leurs forêts, leurs fleuves bruns roulant vers la mer ; très près, les petites villes anglaises un peu désenchantantes et que, par amour de la couleur locale, je voudrais bien faire rentrer dans le troisième dessous.

Tourné vers le trans-Himalaya, mon guide, les deux bras levés en signe d'adoration, marmotte une sorte de litanie où revient sans cesse le mot « Ganga ». Évidemment cet homme récite son invocation matinale au fleuve vénéré, à ce Gange sacré, qui, formé de la réunion de deux torrents, l'Alaknanda et la Bhagirati, sort impétueusement de sa prison de granit à 4.000 mètres d'altitude, envoyé par les dieux sur la terre — ainsi du moins le racontent les légendes. Le rocher qui surplombe le berceau du fleuve est aussi sacré ; c'est la première marche du temple de Siva.

Détail curieux, des Européens furent les premiers explorateurs des sources de la Ganga et purent, après mille dangers, contempler la Bhagirati-Ganga encore inconnue, jaillissant fière et bleue de son arche de glace.

Les Hindous ont suivi; un sanctuaire s'est élevé au confluent des deux torrents; aux mois de mars et d'avril, par des chemins impossi-

Fig. 8. — Les parents donnent au défunt la plus cacophonique des sérénades.

bles, risquant de se casser vingt fois le cou au milieu des abîmes, plus de cent mille pèlerins viennent adorer cette « Ganga » leur mère, fille de Wishnou, tombée de son pied divin dans les entrailles de la terre. On a vu le nombre de ces fervents s'élever à plus d'un million.

Plus bas se trouve le temple de Hardwar, où s'arrêtent les pèlerins qui ne peuvent accomplir l'ascension tout entière.

L'Inde est le pays des coutumes fantastiques; là-bas, au sein du grand massif montagneux d'où sort le Brahmapoutre, la tribu sauvage des Garros, qui n'admet pour ses morts très vénérés que l'incinération sur le bûcher, procède pendant la saison des pluies à d'étonnantes conserves : La grillade devenant impossible durant ce déluge, on place pieusement le défunt dans du miel où il confit jusqu'à la saison sèche, qui permet enfin de le rôtir selon les rites... De pareille confiture, préservez-nous, Ganga!

L'opération terminée, les plus proches parents, groupés devant la hutte mortuaire, donnent à la mémoire du défunt la plus cacophonique des sérénades.

Ces Garros ont toutes sortes d'attentions pour les mânes qui leur sont chers : de temps en temps, même encore de nos jours, dans le but de leur offrir un de ces petits sacrifices

humains qui entretiennent les bonnes rela-
tion d'outre tombe, ils descendent dans la
plaine, s'emparent de deux ou trois Bengalis
— race pour eux abhorrée — et les égorgent
proprement pour la plus grande gloire de leurs
aïeux. Du reste, tout ici est contraste décon-
certant; ces aimables Garros aux coutumes
plutôt sanguinaires, ont pour voisins ces habitants du Sikkhim, qui passent pour le peuple
le plus doux, le plus affable de l'Inde, et dont
la langue — fait unique peut-être au monde
— ne contient pas une seule expression inju-
rieuse.

Je demeure rêveur, et pense à l'établissement à Paris, d'une école de langue sik-
khimme, à l'usage spécial et obligatoire des
cochers, conducteurs d'omnibus et employés
de certaines administrations. Quel inappré-
ciable bienfait pour la France entière, si ces
messieurs pouvaient prendre l'habitude d'une
plus grande tempérance de langage...

IV

BÉNARÈS

Salut, Kasi resplendissante, immuable merveille! Salut, vieille cité des vieux brahmes, toi qui vis naître Tyr, Babylone, Athènes, et qui étais antique parmi les plus antiques lorsque Rémus et Romulus se suspendirent avides, aux mamelles de la louve!

Salut, Kasi, qui précieusement nous as gardé, penchée sur ton Gange superbe, la ligne incomparable de tes temples, de tes pagodes, de tes palais, avec la magnificence où ils s'épanouirent il y a vingt-cinq siècles... Salut!

Depuis hier, je vis dans un état d'admiration intense, et à cet enthousiasme à haute pression, quelque peu d'expansion est nécessaire. Mon rêve se réalise enfin :

Bénarès c'est l'Inde vraie, l'Inde où le touriste ne se heurte pas à tout instant à l'Européen, à son confortable, à ses architectures, à ses banques, à ses comptoirs destructeurs de toute poésie, de toute couleur locale.

Ici, les murailles vierges d'affiches ne montrent que l'originalité de fresques bleues à demi effacées, où dieux, éléphants et singes précipitent pêle-mêle on ne sait quel infernal galop; ici l'Hindou vit en plein air sur les bords de sa mère Ganga; il y dort, il y mange, il y prie, il y meurt.

C'est ici le pays des brahmes, fils du Gange, des brahmes à peau blanche, descendants quasi divinisés des ancêtres Aryens; ils sont vingt-cinq mille qui se livrent chaque matin au bord du fleuve sacré à la tyrannie du rite, devant cent mille Hindous, leurs fidèles.

C'est ici la ville sainte dont chaque pierre est sacrée, la cité rédemptrice où tout Hindou veut mourir. Eût-on commis à soi seul tous les crimes qui, depuis le commencement des âges, souillèrent et désolèrent l'humanité, rien n'est perdu; reste la ressource suprême d'exhaler son dernier soupir dans l'enceinte de la bienheureuse Kasi; toute souillure est effacée, vous voilà redevenu immaculé comme les neiges de l'Himalaya et prêt à entrer par la grande porte dans le paradis de Siva.

Le meurtre d'une vache ou d'un singe même
— le plus grand des forfaits qu'un humain
puisse commettre — est prévu dans la grande
absolution et ne retarde pas d'un quart d'heure
l'entrée dans le séjour des délices.

Comment s'étonner de la prodigieuse quantité de morts ou de mourants dont s'encombrent les abords du Gange et des scènes ex-
traordinaires qui s'y déroulent!

Dès l'aube, les moribonds sont apportés sur
la rive; comme purification dernière, les parents leur lavent soigneusement la bouche
avec l'eau consacrée du Gange et les veillent
jusqu'au moment où ils passent de vie à
trépas.

Si la famille, trop pauvre, ne peut faire les
frais assez considérables de la cérémonie du
bûcher, il n'est plus qu'une sépulture hono-
rable, le fleuve; à la nuit tombante, le corps,
orné d'un bouchon de paille, est pieusement
lancé sur les eaux. Oh! ce bouchon de paille,
grotesque et tragique rappel de nos animaux
marqués pour la boucherie et qui pour les Hindous est simplement le symbole de la créma-
tion non opérée.

Ira-t-il loin, ce cadavre ficelé sur quatre bam-
bous et qui porte sur la poitrine une petite

lampe où tremble une flamme falote, telle une
lueur de feu follet? Au premier détour du
fleuve, dans les sables vaseux, le crocodile
guette, le vautour à la gorge plissée attend, et
le chacal en promenade glapit... Non, non, il
n'ira pas loin le cadavre...

Il faudrait des années pour visiter les deux
mille temples et les innombrables chapelles de
Bénarès dédiés aux trois cents millions de
dieux de l'Olympe hindoue, et pour présenter
son respect à chacune de ses idoles, une exis-
tence ordinaire suffirait à peine; on les a comp-
tées et ce ne fut pas un petit travail, elles sont
cinq cent mille, soit le double des habitants.
C'est gentil! deux idoles pour un homme!

Dès l'aube je suis en barque sur le Gange.
En forme de croissant, le fleuve immense étale
ses ondes entre les sables blonds et la ligne
noble des temples, des palais, des escaliers
monumentaux (les *ghats*) échelonnés à l'infini.

De tous côtés sur les plates-formes de marbre, un enchevêtrement fou de chapelles, de
piliers, de pyramides octogones, lourdes d'ornements sculpturaux, d'où émergent, tels des
champignons colossaux, les parasols de paille
jaune.

Fig. 9 — Bénarès; les bords du Gange.

Partout sur les degrés, sur les toits, sur les terrasses, le peuple hindou bruit, se démène. Des femmes prient, les mains croisées au-dessus de la tête, très belles, très pures de lignes dans leurs pagnes bleus; d'autres, plongées dans les flots, se livrent à des gestes, à des exercices religieux, d'apparence absolument incohérente pour le profane.

Peu à peu le Gange semble se muer en quelque réceptacle de cauchemar où grouille un peuple de maniaques.

Sous la forêt des grands éventails, dodus à triple ventre oscillant, ou squelettes rigides montrant leurs vertèbres saillantes — pas de milieu, c'est tout l'un ou tout l'autre — les brahmes attendent l'apparition de l'astre souverain, cependant que sur les marches des ghats, les vaches sacrées broutent paisiblement des fleurs, nourriture ordinaire de ces ruminantes divinités.

Dans la très curieuse cervelle de ces brahmes savants, profondément érudits, sans cesse occupés des problèmes philosophiques et religieux les plus ardus, nichent et se complaisent des préoccupations puériles, et des superstitions dont chez nous se rirait un enfant, y tiennent une place considérable.

Ici je citerai quelques lignes de l'étude si remarquable de M. André Chevrillon sur les fils de Brahma.

« Voici, nous dit-il, la vie quotidienne d'un
« brahme de Bénarès. Il se lève avant l'aurore
« et son premier soin est de porter les yeux sur
« un objet de bon augure. S'il aperçoit une cor-
« neille à sa gauche, un milan à sa droite, un ser-
« pent, un chat, un lièvre, un chacal, un vase
« vide, un feu qui fume, un tas de bois, une
« veuve — la veuve dans l'Inde passe au rang
« des parias, devient un objet de mépris — un
« borgne, toute la journée de grands malheurs
« le menaceront : s'il devait entreprendre un
« voyage, il le remet. Mais si son premier re-
« gard tombe sur une vache, un cheval, un
« éléphant, un perroquet, un lézard, un feu
« bien clair, tout ira bien. S'il éternue une fois,
« il peut espèrer une grande joie; mais s'il re-
« double, il doit s'attendre à quelque catastro-
« phe. S'il baille, gare! un démon peut entrer
« dans son corps.

« Ayant évité tous les objets de mauvais au-
« gure, le brahme est pris dans l'engrenage
« sans fin des rites religieux. Sous peine de
« rendre inutiles tous les actes de la journée,
« il doit se laver les dents au bord d'un fleuve

« ou d'un étang sacré en récitant un *mantra*
« spécial (prière). Ensuite il se frotte le corps
« avec des cendres et trace les signes sacrés sur
« son front : les trois raies verticales qui re-
« présentent le pied de Vishnou ou les trois
« raies horizontales qui rappellent le trident de
« Siva, enfin, il fait un nœud des cheveux que
« le rasoir a laissés sur le sommet de son crâne
« afin qu'aucune impureté n'en tombe qui
« puisse souiller la sainte rivière. »

Ici j'arrête la citation pour me livrer à mes
petites observations personnelles. Par exemple
cette sainte rivière que l'on doit se garder de
souiller, est par endroits noire de la cendre des
morts qu'elle charrie vers la mer, en compagnie de détritus de toutes sortes et de traînées
de fleurs fanées, poisseuses, résidus des of-
frandes aux dieux.

Le détail de la journée tout entière d'un
brahme nous entraînerait trop loin; voyons
seulement ce qui lui reste à faire avant le le-
ver du soleil.

Tout d'abord il doit avoir nettoyé son corps
et son âme avec l'eau du Gange, invoqué men-
talement les vingt-quatre principaux noms de
Vishnou, fait l'exercice ou discipline très compliquée de la respiration en comprimant al-

ternativement l'une ou l'autre narine. Il s'agit
de ne pas se tromper, de ne pas prendre la
gauche pour la droite, et vice-versa; l'opération est auguste et ce serait comme dans la
chanson bien connue; il faudrait « la, la, la
recommencer ». A quelques pas, un brahme as-
sis sur un tapis me semble dans ce cas fâcheux;
évidemment le brave homme a oublié quelque verset de sa litanie, il est anxieux, cherche,
cherche, et ça ne paraît pas revenir, mais pas
du tout!

Vient ensuite la répétition de la fameuse
syllabe *om*, qui rappelle les trois personnes
de la *trimurtri* (trinité); sa prononciation doit
avoir une durée spéciale que le fidèle ne peut
ni raccoucir, ni allonger... Après la redoutable syllabe, il récite une quantité de vers du
Rig-Véda en même temps qu'il touche sa poitrine, ses yeux, son nombril et surtout son
oreille droite, séjour de prédilection du feu, de
l'eau, du soleil, de la lune, qui y font assez
bon ménage encore que logés tant soit peu à
l'étroit. Enfin, il médite et figure sur ses doigts
— les doigts d'un brahme sont saints — les
cent huit incarnations principales de Vishnou;
s'il se trompe, tout est à refaire, et voilà pourquoi brahmes et peuple, inquiets, ahuris, les

gestes pressés, les yeux fixes, donnent à l'Européen l'impression de déments échappés des petites-maisons.

Si tout a marché à souhait, si toutes les cérémonies ont été heureusement accomplies,

Fig. 10. — Ce brahme a évidemment oublié quelque verset de sa litanie ; il cherche, cherche...

Surya, le dieu soleil, peut paraître sur son char que traînent sept cavales de feu ; son adorateur est prêt.

Magnifique, colossal, il surgit derrière l'infini de sable, aussitôt salué de frénétiques acclamations.

Hommes, femmes, se penchent au fleuve et
puisant dans leurs mains l'eau sacrée, la lancent vers le dieu. Plus haut monte la gerbe
irisée, plus elle est agréable à la divinité rédemptrice.

Maintenant le Gange est envahi d'un pullulement de torses bruns, de visages maigres
aux yeux luisants, d'un papillottement de pagnes blancs, et tout ce monde hindou patauge
religieusement au sein de l'eau lente, le Soudra gardant ses distances, très loin.

Sur la rive, des enfants ont élu comme lieu
de prédilection à leurs ébats, l'entour des bûchers; adossés au tas de bois, des hommes fu-
ment béatement, insoucieux de la mort et de
la vie.

Ça et là, près de ces bûchers gisent les corps
raidis, enveloppés d'étoffes aux couleurs éclatantes, attendant leur tour de grillade; très
grave un brahme préside à l'opération, du haut
d'une logette de pierre, et c'est horrible, cette
odeur de chair roussie, cet écroulement subit
du brasier où, comme lancée par un ressort,
est projetée la noirceur sinistre de quelque os
à demi-calciné.

Perchés sur des piliers de granit, des vautours regardent et rêvassent... Restera-t-il

quelque chose pour eux de ces débris tout à l'heure lancés au Gange?

Près du lieu funèbre nul ne se lamente. Pourquoi pleurer? Cet être mort dans la cité sainte et dont la mère Ganga va recevoir les dernières parcelles ne vient-il pas, selon leur doctrine, d'entrer dans l'éternelle paix?..

. . . .

Dans le ciel des nuées de colombes croisent leur vol; des milliers de perroquets éblouissants piaillent, la vie heureuse déborde; hommes et femmes sortent lentement du fleuve, moulés par les draperies humides, et l'Hindou nonchalant va s'accroupir sous de petits hangars que surmonte un drapeau piqué au bout d'une perche, livrant son front à l'artiste expérimenté qui lui applique en un affreux peinturlurage rouge et bleu le signe de sa secte.

Peu à peu, à l'approche des heures lourdes, les rives du fleuve deviennent désertes, seuls sur les terrasses quelques brahmes marmottent encore des prières, quelques hideux *yoghis* presque nus, continuent à martyriser leurs misérables corps, selon leurs pratiques accoutumées; d'autres se traînent sur le ventre, étranges pèlerins détraqués qui, traversant l'Inde tout entière en rampant, espèrent ainsi arriver sinon plus vite, du moins dans un état de sanctification plus parfaite, au temple de Jaggernauth, réceptable d'atrocités.

Près de moi un de ces yoghis, campé en une attitude théâtrale, porte au bout de son bras tendu un vase délicieusement ciselé dans lequel s'épanouit une fleur; cet homme, me dit-on, est là depuis dix mois, ne quittant sa pose rigide que pendant deux ou trois heures chaque nuit pour se livrer au repos et prendre son unique et maigre repas; chez nous le malheureux serait enfermé à Charenton, ici c'est un saint que l'on vénère.

L'on prétend, personne ne l'a vu, mais chacun l'affirme, que ces yoghis font disparaître à volonté la petite plante du vase, sans y toucher, pour y faire germer en quelques minutes, telle fleur dont leur vient le désir; — après cela il faut tirer l'échelle.

Aujourd'hui au hasard de ma bonne ou mauvaise fortune, je compte errer dans Bénarès; à mon réveil mon premier regard étant tombé sur une procession de gentils lézards se promenant au plafond de ma chambre, il est de toute évidence que la journée sera bonne.

On a mis à ma disposition, en outre d'une

calèche, un cocher, cela va sans dire, un péon destiné à jeter de petits cris d'avertissement

Fig. 11. — Deux Hindous fort cocasses, en costumes de pèlerins...

aux passants, un groom dont la fonction sera de dégringoler à chaque instant du siège, enfin deux coureurs pour recevoir mes ordres et les transmettre à qui de droit.

Il paraît que refuser ce pompeux appareil serait me déshonorer aux yeux des indigènes; comme en somme tout ce luxe asiatique n'est rien moins que ruineux, je me laisse faire sans trop protester, me rappelant que dans l'Inde, l'Européen doit traîner à sa suite tout un peuple de serviteurs et en encombrer sa maison.

Donc, je pars, et selon le proverbe qui dit : « A tout seigneur tout honneur », je commence par visiter les singes-dieux dans leur magnifique temple.

A la porte je rencontre deux Hindous en costume de pèlerins qui, la bourse à aumône à la main, se rendent aux sources du Gange. Fort cocasses ces pèlerins : le premier qui n'en finit plus — l'obélisque de Louqsor — me sourit d'un air tout à fait aimable; l'autre qui lui arrive à l'épaule, rit à pleines dents blanches; décidément j'ai l'heur de leur plaire et, très flatté, je fais honneur à leur bourse.

Oh! les dieux cocasses, les dieux comiques, grinçants et grimaçants, qui me dévisagent du regard effronté, clignotant, de leur mobile prunelle cerclée d'or! Un à un, par bonds nerveux, ils approchent, très préoccupés de l'offrande coutumière des visiteurs; je m'exécute et leur présente courtoisement une quantité tout à fait respectable de fruits, de gâteaux, de morceaux de sucre, tout un régal exquis; à l'instant commence une bataille homérique, une mêlée générale de dos velus, de pattes griffantes, de dents qui menacent... Messieurs les dieux, mesdames les déesses, vous vous oubliez; un peu plus de tenue, s'il vous plaît.

Toute cette engeance simiesque, remuante et pillarde, n'est nullement prisonnière dans son temple, elle en sort comme et quand il lui plaît pour aller courir ses interminables pretantaines par la ville et les faubourgs, sous la haute protection de son peuple de dévots.

Très polis pour moi, du reste, ces dieux à la longue queue, un certain nombre d'entre eux me suit jusque sur le seuil et nous nous séparons dans les meilleurs termes.

Après avoir payé mon tribut d'admiration aux quatre-vingts temples ou palais qui mirent leurs façades féeriques aux eaux du Gange, après avoir visité l'Université dont les Anglais ont doté Bénarès, je me décide à faire un coup d'état, et ne gardant que mon péon, je m'en-

fonce dans les rues étroites, tortueuses de la
cité.

Au bas des maisons à trois étages, au-des-
sous de l'enchevêtrement des balcons, des
petites tourelles, des galeries, sont de petites
boutiques, des échoppes d'où sort on ne sait
quel mélange affadissant de senteurs orien-
tales et d'émanations humaines. Là, dans un
pittoresque désordre, s'étale un curieux méli-
mélo d'objets pieux et profanes : cuivres ciselés,
soieries étincelantes, idoles, chapelets, mon-
ceaux de fleurs destinées aux vaches sacrées.

Droits ou accroupis contre les murs des
temples, des fakirs étiques couverts de cendre
et de bouse de vache, semblent on ne sait quelles momies échappées au tombeau, posées là
en pleine lumière et que le plus léger contact
ferait tomber en poussière.

Partout de petits autels, partout nichées sur
les portes, les fenêtres, les murailles, des effigies aussi nombreuses que vénérables, con-
ceptions inquiétantes de cerveaux détraqués.

Des éléphants passent, chargés de palanquins, portant aussi sur leur large front des
lignes horizontales ou perpendiculaires, selon
qu'ils sont consacrés à Vishnou ou à Siva...
Tout à coup, catastrophe! La moitié d'une

échoppe est emportée sur leur passage, cependant que là-haut, accrochés à toutes les
saillies, des singes folâtres semblent s'éjouir
fort de l'événement.

Des taureaux, des vaches errent paisiblement dans les rues où respectueusement la
foule leur cède le pas.

Des chars roulent avec lenteur, bondés de
petits dieux grotesques, et faisant jaillir très
haut la boue liquide spéciale à la cité sainte,
composé gluant à l'odeur fadasse d'eau croupie
et de fleurs décomposées.

De beaux enfants, montés sur des vaches aux
cornes dorées, suivent les chars, frappant
comme des possédés sur des cymbales; c'est
un hourvari sans pareil.

Des hommes courent, affairés, lançant leur
cri strident « *Gangaï tirtham, Gangaï tirtham!* » (eau du Gange).

Au détour d'une rue, rencontre de deux idoles colossales ornées d'un nombre surprenant
de bras et de jambes, couvertes de fleurs, que
l'on conduit au bain, paraît-il; et certainement
à les regarder de près, il est évident que le
besoin d'une consciencieuse lessive se fait
sentir.

La divinité qui me semble entrée le plus

avant dans les faveurs du peuple est *Ganesh*,
dieu de la sagesse, du commerce, de la littérature. Quel dieu stupéfiant que ce Ganesh,
dont le visage a pour principal ornement une
trompe d'éléphant, dont le ventre étale une
monstrueuse rotondité! Depuis le jour qui se
perd dans la suite des temps où les hommes
songèrent à représenter son image, il con-
temple à ses pieds de ses yeux obliques, toute
futée et jolie, la souris, la toute petite souris
qui lui sert de coursier.

Pourquoi une souris minuscule pour ce dieu
mastodonte? nul n'a pu me renseigner.

Voici, dominant le fouillis des échoppes qui
pressent le temple, la coupole dorée, les lourdes tours du temple de Siva; la cohue qui se
hâte avec un marmonnement de prière, des
gestes de convulsionnaires, m'écrase littéralement; des mendiants glapissent avec une remarquable émulation, tendant leurs pattes si-
miesques; des dévots frappent sur des cloches,
appelant le dieu quelque peu distrait à ses
heures, paraît-il.

Une poussée plus violente me porte à l'intérieur du temple, je glisse sur la boue, je tré-
buche sur les éternelles fleurs.

Quelles ménageries que ces temples hin-

dous! Ici encore, des singes, des pigeons, une
étable de vaches idoles, béates, tranquilles,
dont la foule au summum du délire pieux
se dispute les faveurs... Comment exprimer
cela?... il faudrait parler latin... En deux mots,
rien de ce qui sort de ces corps déifiés n'est
perdu pour les mille pèlerins qui attendent, se
bousculent. Pas de non-valeurs, tout est re-
cueilli, et ce peuple de fanatiques s'oint avec
transport le visage et la poitrine de ce tout!

Une odeur asphyxiante d'encens, de jasmin,
de bouse de vache, des relents de corps humains, d'exhalaisons animales, flottent dans
l'air qui, devenant très vite irrespirable pour
un Européen, m'étourdit, m'oppresse jusqu'à
l'étouffement...

Le soir j'ai voulu revoir le Gange, les grandes architectures nobles, le désert de sable,
blanc sous la lune comme un infini de neige,
et mieux encore que sous la lumière éblouissante de son roi soleil, j'ai compris la beauté
inoubliable, le charme sans pareil de cette
Kasi savante et sainte, magnifique et folle.

V

AGRA

Combien cette terre de l'Agra est belle, comme doucement elle repose des végétations écrasantes de Calcutta, des splendeurs terrifiantes de l'Himalaya !

Les paysages calmes qui se succèdent sans fin devant les portières de notre confortable wagon rappellent beaucoup nos sites européens.

Le train file, rapide, entre des plaines charmantes, semées de bois d'orangers, de citronniers, de buissons de roses où se cachent, contraste éternel de l'Inde, de petites huttes sordides aux toits enduits du protecteur fumier de vache.

Aux stations, des hommes sveltes, bronzés, drapés de cotonnades blanches, des femmes debout, placides, au visage pur, ombré de la

masse onduleuse des cheveux sombres, les
bras lourds de bracelets accumulés, regardent
passer la grande machine enragée dont ils
n'ont plus peur.

Dans les champs, dans les villages, trop vite
traversés, les enfants courent libres, sans travail, sans obligation d'aucune sorte, pour tout
vêtement une étroite bande d'étoffe ceignant
les reins. Ces petits Hindous sont en général
intelligents et beaux.

Dans les villes, la jeunesse ne fréquente pas
d'ordinaire les écoles anglaises; l'éducation de
l'Indien riche, faite par de savants brahmanes,
est poussée très loin.

Le lot des filles est au contraire l'ignorance
la plus absolue; imiter les hommes en quoi
que ce soit serait un signe d'effronterie, d'im-
pudeur sans égale; tous les efforts tentés par
les Anglais pour les attirer dans leurs écoles
ont été inutiles.

Fiancée dès le bas âge, l'Hindoue se marie
vers douze ou treize ans et regarde son époux
comme un dieu; si grand est son respect pour
l'époux qu'elle ne prononce même pas son nom,
le remplaçant par quelque périphrase; lorsqu'elle a des enfants elle dit en parlant de
lui : « Le père d'un tel. »

Il y a peu d'années encore l'Hindoue essayait par tous les moyens possibles d'échapper aux décrets anglais prohibant le *Sutty*, c'est-à-dire l'immolation de la femme sur le bûcher de son défunt mari; tout lui semblait préférable à une vie qui, selon ses doctrines, devenait après la mort de son maître un véritable déshonneur, un long martyre, puisque la malheureuse veuve était reléguée dans la caste des parias.

C'est en l'an 1526, que Baber, l'intrépide conquérant musulman, s'empare d'Agra et y fonde cet empire mogol qui, sous ses successeurs devait atteindre une grandeur, une puissance qui n'ont jamais été dépassées.

Il semble que ce titre de Grand Mogol soit à lui seul l'évocation éblouissante de toute une époque de luxe féerique, de magnificence inouïe, de merveilles inégalables.

Abkar le Grand, qui apparaît en 1556, fut une des plus belles figures de l'histoire. Sous son règne glorieux (50 ans) la grande période de puissance et d'illustration de l'empire mogol atteint à son apogée.

Ces souverains hautains, absolus, dominaient leur peuple crédule comme les repré-

sentants d'Allah lui-même sur la terre; leur
joug était de fer; pas de province révoltée où,
sous les règnes d'Abkar et de son fils Jehangir,
un demi-million d'hommes n'eussent été sa-
crifiés, et ces affreux massacres ne cessaient
qu'à la soumission complète.

C'étaient bien là les fils de ce féroce Ta-
merlan qui faisait égorger cent mille vaincus
sous les murs de Delhi conquise et élevait à
Bagdad une pyramide de quatre-vingt-dix
mille têtes humaines.

Ces hommes indomptables, sanguinaires,
mais à l'intelligence vive, au cœur ardent, à
la bravoure chevaleresque, étaient en même
temps des tempéraments de poètes et d'artis-
tes; sous leur règne, l'Inde se couvrit de monuments d'une beauté sans rivale au monde et
sa littérature s'enrichit de délicieux poèmes.

Aureng-Zeb fut le dernier empereur mogol;
sa vie se passa tout entière dans son camp
qu'il transportait de pays en pays, selon les
nécessités de ses guerres continuelles.

Ce camp fut une sorte de miracle d'agence-
ment et de luxe.

Les femmes, les joyaux, les trésors de l'empereur étaient transportés à sa suite à dos
d'éléphants précédés de brûleurs de parfums,

entourés de forces considérables, et lorsque
l'autocrate avait désigné l'emplacement qu'il
voulait occuper, une ville royale, une capitale
digne des Mille et une Nuits, s'érigeait comme
par magie, immense, fastueuse, avec ses pla-
ces, ses rues, ses temples, ses palais.

Un instant, Aureng-Zeb soumit à sa domina-
tion l'Inde tout entière, mais l'illustre conquérant ne jouit pas longtemps de son triomphe, sa
dernière heure approchait; il mourut en 1707,
avec lui l'empire des Mogols s'écroula et la
grande terre hindoue tomba dans une épouvantable anarchie.

Ce matin je visite la citadelle d'Agra, masse
superbe de grès rouge et de marbre blanc que
reflètent les eaux tranquilles de la Jumma.

Cette forteresse est un monde; ses murailles
crénelées enserrent des mosquées, des palais,
des harems, des jardins, de vastes carrousels
où devant les empereurs mogols combattaient
les chevaliers, s'entretuaient les tigres et les
éléphants.

Les *zenanas* (chambres des femmes), dépas-
sent en art, en richesse, en éblouissement tout
ce que l'imagination peut concevoir; c'est dans
l'ombre, dans la fraîcheur des fontaines, un

rêve de marbre, de jade, d'albâtre, de pierreries
que nul autre n'a jamais atteint, que nul autre.
ne pourra dépasser. Autour de ces chambres
de féerie circulent des terrasses où, par les soi-
rées douces et calmes de l'Agra, les sultanes

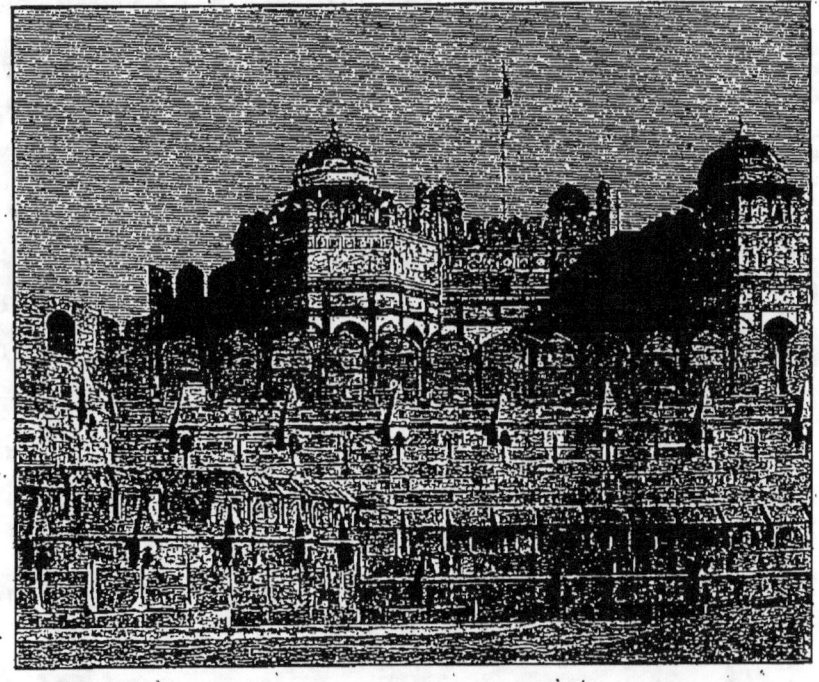

Fig. 12. — La citadelle d'Agra, masse superbe de grès rouge
et de marbre blanc.

paresseuses venaient sourire à la Jumma,
dormir ou rêver.

L'histoire de Shah-Jehan, l'un des descendants d'Abkar est toute poétique et charmante.
Il avait pris pour épouse une perle unique, la

bégum Mutaz-i-Mahal, merveille de beauté, de bonté, de charme, et les deux époux trouvaient dans leur union les délices mêmes du paradis.

Pour que rien ne manquât au bonheur du jeune couple, un fils leur était né. Ivre de joie, Shah-Jehan, penché à l'une des fenêtres du palais, annonça en grande pompe aux seigneurs de sa cour l'heureux événement et dicta à l'un de ses ministres le programme de fêtes royales qui devaient durer tout un mois.

Un jour à peine s'était écoulé dans cette allégresse, lorsque tout à coup une rumeur sinistre court, se propagea, terrifiante : « La bégum se meurt, la bégum se meurt! »

C'était lamentablement vrai, la douce créature allait quitter ce monde où nulle félicité parfaite ne saurait durer, et elle s'en allait avec la blancheur pure d'un lys, la grâce d'une fleur, qu'un trop vif rayon de soleil a touchée.

A genoux près de la couche funèbre, Shah-Jehan fou de douleur, écoutait, morne, désespéré, la voix tendre qui lui disait adieu.

— O mon cher époux, séchez vos larmes, la vie peut vous être belle encore puisqu'en vous quittant j'ai cette consolation suprême de vous laisser un fils bien-aimé dans lequel je revivrai. Ne pleurez donc pas, ô vous à qui j'avais

donné toute ma vie, toute ma tendresse, mais si
vous aimez la pauvre bégum mourante comme
elle vous aime, exaucez son dernier vœu.

—Parle, Mutaz, ma bien-aimée, parle; toutes
les puissances de mon cœur, toutes les ardeurs
de ma volonté t'appartiennent; quel est ton désir?

— Je voudrais, mon cher époux, qu'une
œuvre grande, splendide, érigée par vous, por-
tât votre nom et le mien à jamais unis dans les
siècles à venir. Jehan, élevez à ma mémoire
un mausolée que le monde entier puisse consi-
dérer comme un chef-d'œuvre unique. Dites,
Jehan, le voulez-vous?

L'empereur, penché sur les mains diaphanes
de l'agonisante, étouffé de sanglots, promit
solennellement; alors un soupir léger monta
dans l'air, et comme il relevait la tête, il vit sur
le pur visage de la bégum, tant belle et tant
aimée, passer le souffle pâle de la mort.

Voilà ce qu'il advint du désir de la trépas-
sée et ce que nous avons vu naguère :

Un canal aux rives de marbre, aux eaux
sombres qui somnolent entre des cyprès; un
éden d'oiseaux, de fleurs, de papillons sous un
ciel bleu et doux, puis, devant soi, saisissant
dans la blancheur immaculée de ses marbres,

Fig. 13. — Dans la blancheur immaculée de ses marbres, le Taj, le mausolée de la jeune morte.

le Taj, le mausolée unique, idéal, parfait, réalisation suprême du désir de la jeune morte.

Tout ici parle de splendeur et de paix, l'Inde ne contient rien de plus beau que cette œuvre maîtresse à laquelle vingt mille hommes travaillèrent pendant dix-sept ans.

A l'intérieur du monument, sous la grande coupole, dans les demi-ténèbres vaporeuses sont les tombes des deux époux, qu'une balustrade de marbre ajourée en fine et merveilleuse dentelle semble réunir plus étroitement dans la mort.

Près de l'immense portique qui donne accès au tombeau, un rossignol (*boulboul*) chante éperdument dans les fleurs.

VI

DELHI

Au sortir de la gare, une inquiétude me saisit, qui vais-je écraser? Si dans quelque coin se cachait un de nos facétieux gavroches, certainement, à la vue de la situation lamentable de mon équipage, il crierait sur l'air traditionnel : « Marchera, marchera pas... »

Ma voiture est prise d'assaut, des grappes de marchands de châles, de bibelots, de bijoux, s'accrochent à la portière, au marche-pied, à la capote; des cartes-adresses pleuvent sur ma tête, sur mes genoux, c'est une averse de carton; nulle part la ténacité obséquieuse, le quémandage sans pudeur de l'oriental ne m'ont semblé plus répugnants.

Ceux qui ne peuvent prendre pied sur quelque saillie courent près de moi comme des dératés, m'assourdissent de leurs offres de ser-

vice dans un mélange d'hindoustani — la
plus répandue des langues de l'Inde, celle qui
s'emploie aux affaires, dans les journaux, dans
les livres — et d'un anglais de la plus haute
fantaisie. Cette collante engeance doit payer
une redevance aux propriétaires des hôtels, car
certains de ces marchands pénètrent partout.

Après une heure de repos dans ma chambre
je sors, caressant la douce illusion de la liberté... Allons donc! Je retrouve accroupis
dans le vestibule, me guettant, deux de mes
plus enragés poursuivants, un vieux dont les
oreilles tiennent du prodige, un jeune presqu'un nègre. Ils sont là comme chez eux, les
assassins, tout leur bric-à-brac, toute leur paco-
tille déballée, étalée.

Il paraît qu'on ne s'en débarrasse que par les
moyens violents, en faisant parler la canne;
cette extrémité n'entrant pas dans mes.habitu-
des, pour couper court et après avoir exigé la
promesse formelle qu'ils détaleront tout à
l'heure sans retour, j'achète une petite écharpe
de cachemire, un bonnet brodé d'argent et
un petit dieu de jade qui me fait une abominable grimace... Hum! mes fâcheux s'en vont
l'air si radieux, qu'évidemment j'ai dû être
volé de la belle façon, mais enfin me voilà libre,

et j'en profite sans plus tarder pour aller courir ville et faubourgs.

Cette cité anglaise, noyée dans les grandes

Fig. 14. — Un vieux dont les oreilles tiennent du prodige, un jeune,
presque nu et quasi nègre, me guettent.

verdures, ceinte d'immenses avenues, est belle.
Mais combien plus intéressante la ville indigène, hérissée de ses minarets, de ses dômes,
de ses cônes de marbre ou de granit.

La forteresse élevée par Shah-Jehan, mu-

tilée malheureusement par les Anglais, est encore un des plus beaux monuments connus,
frère jumeau du fort d'Agra, presque semblable.

Au cours de ma promenade à travers les
ruelles étroites de la ville indigène, j'entre dans
la maison fraîche et sombre d'un Indien musulman fabricant d'écharpes; cet homme ac-
croupi sur une natte, coiffé d'un turban de
mousseline blanche, drapé de cotonnades claires, est un type remarquable de la beauté
hindoue; les yeux superbes me regardent avec
une expression énergique et farouche qui contraste singulièrement avec son occupation paisible; ses doigts minces, fuselés comme des
doigts de femme, courent avec une dextérité
vertigineuse sur le métier primitif.

La voix est douce, gazouillante presque
comme une voix d'enfant.

Nous voilà maintenant devant la grande
mosquée de Delhi qui passe pour la plus belle
de l'Inde; dès le premier regard j'en saisis la
beauté, mais fatigué sans doute par la vue de
trop de merveilles admirées en un temps
trop court, je me sens écrasé, un peu à bout
d'enthousiasme et puérilement mon attention

s'attache au pavement de la cour d'honneur,
pavement d'albâtre translucide, lumineux,
qui semble enserrer la cour tout entière sous
une dalle unique.

De beaux enfants élevés dans le temple m'en-
tourent d'attentions charmantes, m'éventent,
m'offrent des cigarettes de feuilles fraîches, de
la canne à sucre, des fruits d'une beauté in-
soupçonnée.

Mon guide m'apprend que cette mosquée
contient un trésor. Ce trésor est une relique
extra-précieuse; une relique qui, une relique
que... enfin un auguste poil de l'auguste barbe
du Prophète que moyennant espèces sonnan-
tes et trébuchantes, les prêtres du grand Allah
daigneront offrir à mon adoration. Je m'incline
respectueusement devant le susdit objet, les
prêtres, très graves, m'assurent que j'ai fait
le premier pas vers le Paradis et... empo-
chent consciencieusement mes piécettes.

Que cette plaine broussailleuse, jaunâtre, dé-
solée où s'éleva la Delhi antique est triste sous
l'écroulement des ruines de ses soixante-seize
temples, de ses mosquées, de ses palais, de ses
tombeaux! Seuls ces beaux paons bleus qui errent partout sur la terre hindoustanique ap-

portent là un peu de vie; les vautours eux-
mêmes ont fui, il n'y a plus rien ici pour eux.

On me montre un de ces piliers de pierre,
unique peut-être, sur lesquels le roi Açoka fit
graver autrefois les miséricordieuses sentences
du divin Bouddha.

Au milieu des ruines de trois civilisations,
fier et superbe dans son élan le Koutub, intact
comme aux premiers jours, dresse vers le ciel
sa prodigieuse flèche rouge et blanche, fouil-
lée, ciselée, tel un joyau précieux.

Près de moi, voici les restes d'un couvent
bouddhique; peut-être sur cette pierre où je
me repose aujourd'hui, Yelh-Nanga, le jeune
disciple aimé de Çakya-Mouni, vint-il s'asseoir
pour écouter chanter l'oiseau d'or, l'oiseau
charmeur de la légende que voici :

Un jour l'ascète ayant purifié son corps dans
les ondes sacrées, ayant, en la paix fraîche du
matin, rendu gloire à Surya triomphant, était
venu, à l'exemple du maître, méditer sous l'ombre d'un figuier. Or, comme il allait se plonger
dans les considérations les plus abstraites, il
entendit gazouiller près de lui un bel oiseau,
un oiseau de lumière aux plumes d'or, dont la
chanson le réjouit. A travers les feuilles luisantes de l'arbre, les rayons de l'astre tom-

Fig. 45. — Grande mosquée de Delhi.

baient doucement sur l'oiseau chanteur, lui faisant une auréole; la terre se couvrait de larges fleurs de pourpre et d'or, l'air s'odorait des plus doux parfums. Et voilà que Yelh-Nanga extasié, oublie sa méditation, écoute, écoute toujours ces accords d'un charme à lui inconnu, cette mélodie supra-terrestre et le murmure assourdi de tendresse et de bonheur qui semble s'élever de la terre entière pour accompagner cette harmonie sublime.

Sous le ciel bleu, tout chante, la terre, les hautes herbes, les fleurs, les végétations puissantes, toutes les forces et toutes les grâces, tous les éléments de la nature, tous les êtres. Et toujours le moine en ravissement écoute, et plus il écoute, plus sa courte science se développe, et plus il apprend de choses admirables.

Cependant il se fait tard, Surya disparaît, s'enfonce au ras de la plaine; une étoile unique s'allume dans l'azur, y tremble; l'heure de la retraite est venue, Yelh-Nanga s'arrache au charme, revient frapper à la porte du monastère.

O surprise! le moine portier ne le reconnaît pas, lui refuse l'entrée; d'autres accourent... Que veut dire ceci? Tous ces visages lui sont inconnus. Pourtant un vieillard plus que cen-

tenaire approche, pose ses mains tremblottan-
tes sur les épaules de l'inconnu, de ses yeux
affaiblis le regarde longuement ; peu à peu un
réveil se fait dans sa mémoire... il se souvient.
Celui-là est Yelh-Nanga, le jeune novice, le
fils de prédilection du divin bouddha Çakya-
Mouni. Les livres du monastère sont consul-
tés, le nom du disciple préféré y est inscrit de
la main même du maître.

Cent ans s'étaient écoulés depuis que sous
les feuilles luisantes du figuier traversées de
rayons de soleil, le moine en extase écoutait
chanter l'oiseau d'or, murmurer les forces et la
grâce des êtres, se nourrissant de la tendresse
et de la science infinie.

VII

JEYPORE

Un pays de désolation, un pays de mort où pendant la saison de sécheresse soufflent des vents tellement brûlants qu'on les croirait échappés de quelque bouche d'enfer, et que les animaux eux-mêmes ne peuvent poser sans douleur leurs pattes sur le sable surchauffé; un pays fantasmagorique où des mirages continuels hallucinent à ce point le voyageur qu'il ne peut se risquer au milieu de ces sables de braise qu'à l'heure où le soleil s'incline, prêt à disparaître à l'horizon.

Cependant peu à peu le paysage morne s'adoucit, voici le steppe roux, le grand steppe infini où des plantes tordues, rachitiques, essayent de vivre, où les files de chameaux mélancoliques, à la démarche lente, cheminent, leurs cous onduleux dressés sur le bleu

ardent, et, tout là bas, des montagnettes jolies, crêtées de châteaux forts, apparaissent.
Nous filons maintenant sur un sol couvert de
hautes plantes grasses, épineuses, et bientôt
va se dresser la ville étrange et charmante, la
ville de féerie où se déroule sans fin un conte
plus somptueusement vrai et vivant que tous
les récits des Mille et une Nuits.

Or donc, il était une fois un très vieux
royaume hindou, le Rajpoutana, dont les habitants se prétendaient rien moins qu'issus du
Soleil et de la Lune; voilà ce qui peut s'appeler
une généalogie brillante. Dans cette merveilleuse contrée où le rajah était considéré comme
quasi divin, tous, depuis les plus grands seigneurs jusqu'au plus humble laboureur, nais-
saient *Kchatryas*, c'est-à-dire aussi nobles que
leur souverain même et prenaient le titre de
« Fils de rois ».

Le sang des anciens héros du Rayamana
bouillait toujours aussi ardent dans leurs vei-
nes, et la lance et le bouclier appendus aux
murs de leurs cabanes, témoignaient que
comme autrefois ils étaient toujours prêts aux
héroïques combats.

Il est certain que l'origine de cette race se

perd dans les brumes des vieilles époques fa-
buleuses et que chez elle se trouve la plus antique noblesse du monde ; le rajah d'Odeypour
est le seul souverain qui puisse dire aujour-
d'hui que ses ancêtres occupaient le trône de
puis plus de mille ans.

Nul des divers conquérants qui se ruèrent à
tant d'époques différentes sur le sol hindoustanique ne réussit à les soumettre, et si le
Rajpoutana se trouve de nos jours vassal de
l'Angleterre, il n'en demeure pas moins strictement autonome, ne se gouvernant que par
ses propres lois.

Les légendes hindoues sont pleines des ex-
ploits de ce peuple de héros ; leur indomptable
résistance fit reculer le Musulman vainqueur
de l'Inde presque tout entière, et parmi les siè-
ges qu'ils soutinrent glorieusement, celui de
Chittor, où plutôt que de tomber au pouvoir de
l'ennemi, les femmes montèrent par milliers
sur les bûchers, où les hommes, désespérés
mais invincibles, se firent tuer jusqu'au dernier plutôt que de se rendre, proclame bien
haut leur incomparable valeur.

Ces Rajpoutes sont demeurés moralement
et physiquement le type des Aryens d'antan ;
c'est la race la plus belle, la plus pure de

l'Inde; stature élevée, élégante et noble, teint
clair et mal, les yeux superbes, le nez aquilin,
les lèvres un peu fortes mais d'un dessin très
pur, les cheveux noirs largement ondulés; la
barbe longue, bien séparée par une raie verti-
cale, flotte en deux touffes sombres, brillantes
comme de la soie. Certains corps militaires
cependant sont tenus à se raser, tels ces guerriers que l'on aperçoit montant la garde sur
le péristyle du palais.

Les femmes rajpoutes sont remarquable-
ment belles, braves et intrépides; fréquemment elles accompagnent père, mari ou frère
dans ces émouvantes chasses au tigre, toujours assez dangereuses, passe-temps favori
des hautes classes hindoues. Leur situation
diffère absolument de celle qui leur est faite
dans le reste de l'Inde; elles jouissent de la
même liberté que nos femmes en Europe et
les hommes leur vouent une sorte de culte
chevaleresque.

Autrefois, quelque belle opprimée avait-elle
besoin de secours, elle envoyait son bracelet
au paladin qui lui semblait le plus digne de la
protéger, et tout aussitôt, fier et heureux d'être
choisi comme le plus brave, il devenait son
champion, se consacrait passionnément à sa

Fig. 16. — Guerriers Rajpoutes montant la garde sur le péristyle du palais.

PAYS HINDOU.

15

défense. La cause semblait-elle perdue, un bûcher s'élevait et l'héroïne y montait avec une énergie surhumaine, sans cris, sans larmes, sans plaintes, cependant que le chevalier vaincu et les siens et faisaient tuer héroïquement dans un combat désespéré.

Une des plus curieuses coutumes de l'ancien Rajpoutana, était la singulière façon dont on accommodait les enfants au jour de leurs noces; ces petites créatures promenées en grande pompe sur des éléphants caparaçonnés avec un luxe inouï, vêtues d'étoffes précieuses littéralement couvertes de bijoux, montraient leurs gentilles frimousses comme masquées par un nombre infini de paillettes minuscules d'or, d'argent ou multicolores, collées sur le front, autour des yeux, sur les joues, sur le menton, en fines arabesques; cela ressemblait à une sorte de tatouage brillant et joli comme une mosaïque, encore que ces mignons affublés de la sorte eussent, d'après les miniatures anciennes, plus l'air de barbares idoles que de pauvres gamins en chair et en os.

Et vraiment le harnachement de l'éléphant qui portait les héros de la fête vaut lui aussi une description de quelques lignes; la chabraque et la pièce d'étoffe triangulaire tombant sur le devant de la tête, étaient de pourpre couvertes d'un treillis de roses naturelles, entouré de lourdes broderies d'argent et d'or; aux pattes, aux défenses, des bracelets précieux aux mille grelots; sur l'ampleur du dos, un pavillon d'argent doré orné de cabochons de rubis, de saphirs, d'émeraudes, de toutes sortes de pierreries rarement fausses, étincelantes sous le gai soleil.

Deux cygnes sculptés et ciselés, toujours en argent, supportaient ce pavillon de forme singulière et originale, et sur le cou du placide animal se balançait le cornac drapé de blanc immaculé, quelque incomparable cachemire artistement jeté en travers sur les épaules...

Tout cela, c'est le rêve, c'est la féerie au milieu desquels pendant quelques jours je vais vivre, me grisant de lumière, d'originalité, d'art, de joie antique, car bien peu de choses ont changé dans cette Jeypore des vieux Aryens.

Nous approchons. Aux abords de la royale cité grouille une foule bigarrée, étonnamment pittoresque; c'est une presse, un pêle-mêle, un va et vient d'hommes, de femmes, d'enfants, un encombrement inextricable d'éléphants, de chameaux, un miroitement de couleurs, un chaos d'or, d'acier, de pierreries, de velours, de cachemires, à donner le vertige.

Tous les hommes sans exception sont armés, bouclier rond à la ceinture, sabre au côté, types énergiques, plus rien ici de la mollesse universelle de l'Inde; ces Rajpoutes sont gais, vifs, remuants, avec de la joie dans les yeux, une grâce forte dans les mouvements.

Je suis le flot humain, traverse une poterne, et tout de suite devant le décor idéal qui se dresse papillotant, chaud de soleil, je formule cette sensation très vive : Jeypore, une ville rose sous un ciel bleu, au milieu d'un paysage fauve.

Que me voilà loin des ruelles accoutumées! Là, devant moi, s'ouvre une rue large de quarante mètres, longue de trois kilomètres, où tout est rose, rose et encore rose, légère brume flottante, temples, palais de marbre, maisons habillées de stuc poli. Ici point de masures, pas de ruines, nulle part la lèpre de la pierre ou du plâtre qui s'effrite; cet aspect est unique dans l'Inde. Et, comme pour donner une note plus chaude à la beauté du tableau, partout sur les larges trottoirs de précieux tapis éten-

dus où figure un étalage fantaisiste de choses
brillantes et rares. Nul ne sollicite l'acheteur,
pas un mot, pas un appel quémandeur.

Positivement on m'a changé mes Indiens de
Calcutta, de Bénarès, de Delhi; c'est ici une
autre race.

Parés comme des personnages d'opéra, l'œil
fier, la belle barbe éployée en éventail, lourds
de brocarts et de bijoux, passent les seigneurs
rajpoutes au trot de leurs magnifiques chevaux arabes plus parés d'or, d'argent et de
perles qu'une reine; quelques-uns les jambes
peintes de rouge jusqu'aux genoux. Décidément c'est de la peinturlumanie, car voici
d'étonnants toutous verts, roses, bleus, jaunes,
tout à fait cocasses, carte : d'échantillon ambu-
lante, errante et jappante.

Les ânes qui gentiment trottinent sur la
chaussée ne sont pas peints, non plus que les
singes qui se trémoussent, se houspillent, s'é-
pluchent au soleil dans tous les coins, sur
tous les toits, les effrontés gredins, mais les
centaines de vaches blanches que je rencontre
à chaque pas, vaches blanches comme l'her-
mine, blanches comme le lait, qui se donnent
l'air de vaches de marbre, ont leurs grandes
cornes peintes en or ou en vert.

Tout à coup, comme je débouche sur une vaste place, un taratata aigu de trompettes hindoues, longues, longues, sans fin; la foule se range respectueusement, s'étouffe le long des murailles; c'est le fabuleux cortège du rajah qui passe.

Les magnifiques chevaux à la piaffe sonore! Les splendides cavaliers!

Invraisemblablement beau, plein de race, ce rajah, fils du soleil; longs yeux de velours, noble face fière. Avec une grâce et un art infinis il maîtrise son cheval que le bruit excite, bête aux formes fines et pures sous le harnais de perles et de saphirs; sur le pommeau de la selle quelque chose d'énorme lance des feux verts, c'est une émeraude de la grosseur d'une petite orange.

Seigneurs, barons, gardes, caracolant et paradant luisent comme des scarabées.

Tout cela est-il réel? Suis-je complètement éveillé? Rêvé-je? Sommes nous bien en plein dix-neuvième siècle, ou, grâce aux sortilèges de quelques malins dewas, retournerais-je aux époques de luxe souverain, de magnificence folle des anciens rois? Le souvenir me revient de ces magnifiques souverains de Lahore envoyant aux rajahs de Jeypore, leurs alliés, à

l'occasion de leurs victoires, des flacons (la
forme en était un chef-d'œuvre) contenant ce fameux vin d'une force épouvantable, que l'on
nommait le vin royal et dans la composition du-
quel entraient des perles et des pierres précieuses pilées en quantité à rendre jalouse Cléopâ-
tre, la grande croqueuse de perles. Pierres et
perles étaient considérées comme un tonique
sans rival capable de ressusciter les morts ; sur
chaque flacon étaient inscrits la recette et la
somme dépensée pour obtenir le divin nectar,
et le ministre, qui avait assisté à la manipula-
tion — ceci était obligatoire — signait.

La valeur du flacon variait entre 1.000 à
1.400 francs de notre monnaie !

Des promeneurs passent au pas berceur de
leurs éléphants, fumant béatement la *houka*
ou *gourgouri* (pipe d'eau) à l'ombre du palan-
quin, sous la fraîcheur des grands éventails
remués.

A mesure que le soleil décroît, les monuments deviennent plus roses encore... Et quels
noms charmants ! Ici le palais du Vent, sur
les collines le temple du Soleil, le palais des
Nuages, et tout là bas, à l'extrémité de la ville,
presque pourpre à cette heure, la porte des Rubis. Ces noms sont lumineux, ils rayonnent.

Comme en pénitence, séparés de la rue par une grille formidable, voilà cinq ou six tigres... Des *sahebs*, seigneurs mangeurs d'hommes, effrayants, magnifiques, pauvres prisonniers sans repos, la lourde tête inquiète, portant dans leurs yeux de phosphore la nostalgie des jungles; éternellement ils tournent sur leurs molles pattes de velours dans l'étroite cage; assimilés aux hommes, ils ont été jugés, et c'est un jugement régulier qui les a condamnés à cette prison perpétuelle! Blasée sur ce spectacle la foule passe, ne s'arrête pas.

De grand matin, je m'enfonce dans la campagne fraîche d'air jeune, de ciel pur, au milieu des hautes plantes grasses, grises, veloutées, et tout à coup l'idée saugrenue me vient que toute cette végétation extravagante, est une vision trompeuse, enchantée; que ce sont là guerriers ou dames du temps jadis, traîtreusement et vilainement enchaînés sous ces formes rêches et piquantes par les magiciens ou les fées.

Des milans volent en nuées épaisses, des pigeons aux reflets métalliques virevoltent sous le soleil, et les paons, les paons éternels vaguent, attendant le grain que tout bon Hindou leur prodigue, leurs fines pattes délicatement levées dans le dédale des raquettes épineuses.

En ce moment la campagne est déserte; des crocodiles somnolent en paix, au bord des lacs à l'eau huileuse, immobile, sans rides.

Par un vallon délicieux, exquis, que suit à l'ombre des *mangos* et des bananiers une file ininterrompue de temples, de couvents, de palais, je remonte vers le Nord et bientôt sur les pentes boisées, dans la verdure colossale profonde, rafraîchis par de claires nappes d'eau, se dressent les palais d'Amber, séjour favori du rajah, merveille unique; rêve oriental plein de grâce et de douceur qui rappelle Grenade et les délices de l'Alhambra.

Hier, comme je chassais en compagnie de quelques jeunes femmes et de quelques jeunes gens de la colonie européenne du côté des palais d'Amber, il se passa un épisode tragico-comique dont Mlle Deb.., la fille d'un riche négociant français, belle enfant de seize ans, aux yeux de flamme noire, brave, hardie, gracieuse, fut l'héroïne.

Un moment les hasards de la chasse nous séparèrent tous deux du gros des chasseurs; je me trouvais alors juché au sommet d'un monticule de sable, fort occupé par le déchiffrage d'une inscription sanscrite. Tout à coup un bruit singulier attire mon attention et je vois déboucher violemment d'un fourré, une masse sombre qui se précipite avec rage vers ma

Fig. 17. — Paysage du Rajpoutana.

jeune compagne. Je frémis de la tête aux pieds; c'était un buffle, un de ces buffles sauvages si redoutables et que, faute de temps, je ne pouvais arrêter dans son élan formidable; l'horreur me cloua sur le sol. Tirer, c'était impossible; il eut fallu pouvoir mettre une balle à bout portant dans l'oreille de la bête furieuse ; la manquer eût été l'exaspérer plus encore.

Pendant les secondes qui s'écoulèrent atrocement longues, le calme de cette enfant me frappa d'admiration ; à peine avait-elle pâli ! Soudain une lueur passa sur ce beau visage, une idée venait de traverser son cerveau, une idée merveilleuse, libératrice ; d'un geste prompt arrachant aux mains du péon à demi-mort de peur, qui l'accompagnait, un immense parasol, elle l'ouvrit violemment avec une présence d'esprit vraiment stupéfiante, au nez du colosse, qui brusquement s'arrêta.

Je me sentais positivement le frisson de la petite mort. Une seconde, la bête ahurie, déconcertée, demeura immobile, puis jetant un meuglement sourd elle reprit le chemin par lequel elle était venue.

Ouf ! j'osais respirer enfin, mais le plus joli de la chose est que lorsqu'une minute après, fort humilié du piètre rôle auquel m'avaient condamné les circonstances, j'accourus, encore quelque peu tremblant et passablement bredouillant auprès de la fière amazone parfaitement calme et sereine ; elle partit d'un éclat de rire, battant des mains et criant avec une joie gamine :

— Hein! en faisait-il une tête, le bonhomme, en faisait-il une! C'est lui qui a eu le trac, vous savez; moi pas.

Le gentil, le simple et charmant courage!

Ma foi, le rire était si contagieux, si heureux, que j'ai fait écho.

— Ah! disait-elle, ce qu'il doit rougir de honte le gros père, au fond de sa jungle... Hou! la vilaine bête!

. . . .

Et maintenant, dieux, palais de houris, temples pourprés, cavaliers superbes, femmes radieuses, prêtres enguirlandés de fleurs, adieu! Adieu, éléphants royaux qui dans vos harnachements portez des mines d'or et de pierreries, adieu fiers coursiers, vaches sacrées, singes pillards, paons au plumage de saphir, adieu!

Adieu, palais d'Amber aux ombrages élyséens, aux eaux murmurantes, adieu!

Adieu enfin, à toi Jeypore la rose, féerique cité des rêves, adieu!

VIII

BOMBAY

Ces chemins de fer de l'Inde sont délicieux;
la question du confort y est fort intelligem-
ment comprise : promenoirs, couchettes, salle
de bain, repas confortables assurés aux stations, c'est la perfection même. En dépit de
trente-six heures de chemin de fer sous un tel
climat, je débarque — après le tub réglemen-
taire — frais et dispos comme au sortir de ma
chambre.

Quand donc notre Europe extra civilisée nous
accordera-t-elle pareilles douceurs?

Les premières et les secondes s'encombrent
à l'approche de Bombay; dans les troisièmes,
c'est depuis longtemps un empilement de foule
brune, noire ou jaune qui jacasse joyeusement;
tout ce monde emporte avec soi son bagage
ordinaire, très simplifié du reste : quelques va-

ses de cuivre qui, par parenthèse, sont parfois
de véritables objets d'art, et servent à tous les
usages du ménage.

A la gare de Baroda, épisode bien exotique :
une bande de singes effrayés se précipite folle-
ment vers le train, s'accroche aux portières,
aux marche-pieds, court sur les toits des wagons avec de furieux grincements de dents,
des effarements comiques.

D'une drôlerie impayable et très couleur locale, ce train envahi par la gent simiesque;
quelques-uns des jockos s'apprivoisent, approchent des portières, daignent accepter du riz
ou des bananes; mais à l'arrêt suivant, tout disparaît et grimpe sur les arbres environnant la
station, et c'est avec force cris, grimaces, contorsions épileptiques, que l'engeance macaque
prend congé de nous.

Me voici de nouveau dans l'Inde humide,
marécageuse, sous l'écrasement de la chaleur
équatoriale.

A perte de vue des forêts, d'immenses forêts, dont la végétation est fabuleuse; tout est
colossal ici, les herbes même y sont géantes.

Çà et là des marais sombres où les grandes
plantes aquatiques étalent à plat leurs larges
feuilles rondes, où, sur les bords vaseux,

échassiers mélancoliques, crocodiles démesu-
rés se promènent ou rêvassent.

Dans un de ses récits, le colonel Campbell
affirme avoir vu, de ses propres yeux vu, au
bord d'un marécage, une grenouille qui s'était
étranglée en essayant d'avaler... un canard...
Un canard, précisément : un canard! Cela rend
rêveur; il est vrai qu'il a soin d'ajouter que le
batracien était d'espèce particulière et fort gros
— nous le croyons sans peine, monsieur Campbell — et le canard très petit... naturellement.
On les avait trouvés morts tous les deux, les
pauvres! l'un avalant l'autre, poétiquement en-
sevelis sous de pâles nénuphars : le corps de
l'infortuné canard à demi enfoui dans le gosier
de cette goulue.

J'ai l'air de plaisanter, mais en somme la
chose est possible; pour ma part, n'ai-je pas vu
des araignées grosses comme des moineaux?
elles ne sont pas rares, et leur piqûre des plus
dangereuses amène parfois la mort...

Maintenant de grands espaces bleus, de
larges estuaires peuplés d'îles jolies, dont la
verdure dégringole jusque dans la mer;
puis des mâts sortant de bouquets d'arbres;
le soleil est si ardent, que les voiles blanches éblouissent les yeux. A grand fracas

nous entrons dans la gare de Boree-Bunder.

Bataille pour échapper à peu près entier aux
pisteurs et rabatteurs des différents hôtels, et
en route!

Nous voilà dans un établissement d'un confortable absolument complet; mais qu'il fait
chaud, qu'il fait chaud! Vais-je bouillir ou
rôtir? Je n'ai pas de préférence, mais si l'on
pouvait respirer seulement un peu avant la
catastrophe finale!

On m'affirme que vers cinq heures se lèvera
certaine brise de mer tout à fait aimable et re-
vivifiante... Puisqu'on ne vit que d'espérance
en ce bas monde, espérons.

Cinq heures. — C'est vrai, ou à peu près; je
n'en suis plus à attendre mon dernier soupir,
il est positif que je respire d'une façon presque
normale et, très brave, je monte dans la calèche qui m'attend à la porte.

Quelle lumière! Je n'ai encore rien vu de
semblable; on dirait que la mer éclaire presque autant que le ciel, un ciel blanc, fait d'un
seul diamant qui luit et brûle.

J'erre un peu au hasard à travers les cinq
grands îlots sur lesquels est bâtie la ville; partout c'est un remuement, un entassement d'indigènes de tout pays, de toute race, de toute

couleur; c'est à donner le vertige; nulle cité
plus cosmopolite n'existe sous le soleil.

Il y a là jusqu'à une petite bande de cinq
ou six moussaillons français qui ont entrepris
comme passe-temps de suivre les Fils du Ciel en
robe de soie bleue et à longue queue qu'ils rencontrent, et chaque fois que la bonne aubaine
se présente, un d'entre eux, à la figure éveillée
et narquoise de gamin parisien, élu chef sans
doute, crie d'une voix de stentor en désignant
l'appendice chevelu du Céleste : « Cordon s'ous
plaît! »... Suit un pi-ouitt général, fait dans toutes les règles de l'art, et la bande de s'esclaffer.

Le Chinois ne comprend pas, bien entendu;
mais il voit le geste, et cela suffit, il surjaunit
de colère, ne se figurant pas qu'on puisse
manquer à ce point au respect qui lui est dû;
rien à faire, du reste; il n'y a là aucun délit à
constater et il file en ravalant sa colère.

A la fin, on se sent tant soit peu écœuré au
coudoiement éternel de tout ce monde demi-
nu, de tous ces torses suants, à l'odeur rance,
de ces cheveux lisses, baignés d'huile de coco.
Les jaquettes anglaises reposent et certaines
cocasseries égayent, tels les riches *parsis*,
strictement, élégamment costumés à l'européenne et cependant coiffés d'une mitre de

carton semée d'étoiles qui ressemble singulièrement et sinistrement à la coiffure usitée autrefois pour les autodafés.

Hindous et Hindoues revêtent également le
sari, pièce d'étoffe qui entoure les jambes et
que la femme remonte gracieusement sur le
buste et la tête; sous ce sari est une courte
chemisette qui laisse la ceinture à nu.

Tout ce monde va, pressé, dans le méli-mélo
des tramways, des voitures, des palanquins,
des porteurs; des hommes-sandwich se traînent, tout suants, en file indienne, et je retrouve ici les grandes affiches de Calcutta.

Ce Bombay, avec son arlequinade de peuple, ses mosquées, ses temples, ses pagodes
cornues et biscornues, ses églises de toutes re-
ligions, de toutes sectes, ses chemins de fer
passant en pleine rue, ses monuments, ses
maisons anglaises, c'est l'Asie et l'Europe
confondues en un mélange d'un pittoresque
achevé.

Dans un square, j'avise un agent de police
indigène en train d'arrêter un jeune Hindou,
d'une dizaine d'années.

Il est furieux, ce petit, et, regardant d'un air
profondément outragé le policier impassible,

il lui lance les plus véhémentes apostrophes.
Que peut bien avoir fait ce pauvre petit diable?

Fig. 18. — L'enfant furieux regarde le policier impassible,
d'un air profondément outragé.

Mon interprète s'informe et me met au courant. Le cas ne me semble pas pendable. Ce
gamin, qui répond au nom harmonieux de

Dharvatrysiska, cueillait pour son jeune frère
malade des fleurs dont le nom m'échappe, et
que l'on ne trouve que dans ce jardin, lorsque
le policeman l'a délicatement cueilli lui-même,
les ordonnances de police placardées à toutes
les entrées afin que nul n'en ignore, déclarant
passible d'amende ou de prison tout prome-
neur coupable de déprédations commises en ce
lieu.

Parfaitement! rien de plus juste, seulement
mons Dhar... va... try... sis... ka allègue comme
excuse, et vraiment elle me paraît assez vala-
ble, qu'il ne sait lire en aucune sorte de langue.
Faisant l'important comme tout indigène en
fonction, l'agent me déclare qu'il n'entend pas
la chose de la même façon que moi et persiste
à emmener le bambin..

Il me plaît, ce moucheron, qui serre toujours
énergiquement dans son mouchoir les fleurs
destinées au malade, et j'offre de payer l'a-
mende... Eh! bien, non, ce n'est pas possible,
je n'ai qu'à rengaîner ma générosité. Ce serait
trop simple, cela, et la belle routine adminis-
trative à peu près la même aux quatre coins
du monde, qu'en fais-je donc? Il faut d'abord
et avant tout que le délinquant soit conduit au
poste de police le plus proche; là je pourrai

payer l'amende si tel est mon bon plaisir, mais
sa mère seule peut venir l'y réclamer.

Dharvatrysiska se désole, il est prêt à pleurer de rage; si ce jeune chat en colère avait
des moustaches, elles se hérisseraient terrible-
ment... Allons, un bon mouvement, préve-
nons la maman.

Alors, l'interprète demande l'adresse de Madame Mère, et après quelques explications,
je me dirige vers la ville indigène, au milieu
de la fourmilière grouillante des Hindous,
dont le flot pressé coule le long des ruelles
étroites.

Saperlote! voilà une procession de femmes en
jaune, de fillettes somptueusement vêtues, de
brahmes bedonnants, qui m'arrête : c'est un
mariage; çà et là dévalant des cocotiers, des
singes sans vergogne traversent et retraversent
le cortège, pour mieux voir la petite mariée,
sans doute.

Enfin je suis arrivé. Devant sa pauvre maison une grande femme très noire, aux yeux
superbes, se tient debout, donnant la main à
une grêle fillette de cinq ou six ans, et portant
à cheval sur la hanche un tout petit maigrelet
de deux ou trois ans, à l'air souffreteux. Ce

chérubin bronzé, qui se nomme, nous dit-on, Jahararumida, est le frère malade de Dharvatrysiska... Ouf! tout y est, il ne manque pas une syllabe; un assez joli compte, cependant!

Cette femme est très pauvre, paraît-il; sa physionomie est triste.

A mesure que mon interprète avance dans son récit, l'angoisse devient plus grande sur le visage inquiet, tourmenté, aux traits mobiles et presque parlants; il est question de l'amende à payer évidemment; tout à coup cette face de bronze s'éclaire d'un sourire heureux et, posant par terre l'enfant qui tout aussitôt entre en relations intimes avec la poussière et les détritus, l'Indienne croise les bras sur sa poitrine et s'incline devant moi en signe de remerciement, avec une grande noblesse de mouvement et d'expression.

Pauvre créature noire aux yeux de diamants noirs, pauvre femme exténuée par le dur labeur, pauvre mère tourmentée, comme un rien, mais un rien touchant vos enfants, vous a vite fait sourire! Quelques piécettes jointes au montant de l'amende, et voilà un peu de bien-être dans le présent, un peu de quiétude pour le lendemain.

Fig. 19. — Une pauvre femme portant à cheval sur sa hanche un tout petit maigrelet:
PAYS HINDOU.   18

Je renonce pour ce soir à la promenade ré-
glementaire sur l'esplanade, et puisque je suis
très près de l'hôpital des animaux, je vais les
visiter.

Oh! mes pauvres oreilles, à quel tintamares-
que concert fûtes-vous soumises!

Il y a de tout là-dedans : invalides des différentes espèces du règne animal, sifflant,
chantant, criant, hurlant, meuglant, hulu-
lant, aigles déplumés, vautours décharnés,
pigeons, perroquets rongés de poux et de lèpre, chiens à trois pattes, chats sans queue,
éléphants et vaches aveugles, crocodiles à la
carapace mal venue, mous, grisâtres, avec des
airs podagres; tout cela — considéré par l'Hindou comme des morceaux plus ou moins petits ou grands du divin Siva — respecté, cajolé
par une pléiade de brahmes attentifs.

Ce soir un de mes compatriotes, puissam-
ment riche et fort grand seigneur, m'offre le spectacle d'un *nautch* dans les grands,
très grands prix. Les bayadères choisies parmi
les plus belles de l'Inde, appartiennent à une
pagode et n'exécutent que ces danses sacrées
dont les figures sont demeurées immuables
depuis des milliers d'années.

Costumes, ornements, accessoires sont ce qu'ils étaient aux époques héroïques du Ramayana dont ces danses retracent les épisodes dramatiques; les danseuses antiques cependant avaient le nez plus chargé de pierreries et l'entre-deux des fins sourcils était peint en or; d'innombrables petits miroirs que l'on ne voit plus aujourd'hui étincelaient aux bras et aux jambes.

Ces jeunes femmes qui, tout à l'heure, vont danser devant nous, ont des types très purs et donnent bien l'idée de la beauté hindoue telle que l'a décrite avec des comparaisons quelque peu fantaisistes un de leurs poètes dont le nom m'échappe.

« Voilà, dit-il, le portrait de la belle In-
« dienne, fille des dieux :

« Des cheveux touffus semblables à la queue
« d'un paon, tombant jusqu'aux genoux et se
« terminant en boucles gracieuses.

« Des sourcils ayant la forme de l'arc-en-
« ciel.

« Des yeux noirs et brillants comme une
« nuit étoilée.

« Un nez comparable au bec d'un faucon. »

Hum! Je préfère le nez droit et fin de nos bayadères du temple.

« Des lèvres aussi rouges et aussi éclatantes
« que le corail.

« Des dents petites, régulières, serrées,

Fig. 20. — Une des bayadères se lève, la plus jeune, la plus jolie.

« blanches comme le pétale du jasmin.

« La taille souple, le bras arrondi, le pied
« cambré. »

Et il reprend pour terminer :

« Tel est le portrait de la belle Indienne, fille
« des dieux. »

Nos danseuses ont revêtu leurs costumes de
grandissime gala; gazes lamées d'or et d'argent pur, étoffes somptueuses, casques sur
lesquels étincelle tout une fortune en perles
et diamants.

Mais que cette coutume sauvage d'accrocher
au joli nez fin ces bagues et ces pierres précieuses qui cachent les lèvres est donc saugrenue
et gâte ces charmants visages!

Nos belles rient, papotent, mais voilà que
les cithares commencent à dérouler leurs gam-
mes monotones, leur mélancolique terlintin-
tin; d'un mouvement lent, la plus jeune, la
plus jolie, mime avec grâce ou énergie l'un des
épisodes du Ramayana, cette colossale Iliade
hindoue; une à une ses compagnes se grou-
pent autour d'elle dans une grande beauté
d'attitude; les pierreries bruissent, les étoffes
chatoient, les yeux lancent des éclairs.

Tout cela, en dépit d'une certaine monoto-
nie, est d'un très grand art, mais il faut pour
le goûter complètement une accoutumance que
je n'ai point; aussi, fatigué, je me retire d'assez bonne heure, cependant que les Hindous

conviés à la fête demeureront là, engourdis,
ravis, extasiés, fumant le gourgouri jusqu'au
jour et ne demandant qu'à recommencer le
soir suivant. Il faut l'avouer, il y a là pour eux
un plaisir très délicat, auquel l'Européen, un
barbare à leurs yeux, ne comprend pas grand'
chose.

Sur l'esplanade la musique des cipayes joue
la valse de *Madame Angot* (la musique de nos
opérettes est très appréciée outre mer) cela me
ravit comme tout ce qui, très loin de France,
me parle d'elle.

C'est l'heure *select* par excellence, où l'aris-
tocratie étrangère ou indigène se presse dans
les voitures, face à la mer, y venant chercher
un renouveau de vie.

Tout de blanc drapés, la tête couronnée de
turbans d'une singulière couleur fraise écrasée,
de riches Hindous se pavanent dans des équi-
pages d'un luxe criard où s'ennuient de pauvres babies chocolat, parés comme des idoles,
à demi-écrasés sous le poids des bijoux et des
étoffes.

Blanches autant que des Européennes, vêtues
de soies rutilantes, la tête envoilée de gazes vaporeuses, indolentes et gracieuses, les grandes

dames Parsies montrent la fine beauté de leurs traits aryens.

Une brise très douce court sur ces groupes altérés de fraîcheur, de rares amazones passent, quelques cyclistes pédalent le long de la plage.

Ces villes anglaises de l'Inde sont très brillantes, étonnamment avancées au point de vue de la civilisation et du confort.

Les avenues que je traverse ce matin en me rendant à Malabar-Hill, les monuments, les jardins, les squares que je rencontre se montrent dignes de nos plus belles villes européennes.

Des palmiers, des villas, des fleurs; des fleurs, des villas, des palmiers, voilà ce qu'est le grand promontoire de verdure Malabar-Hill.

Je visite le cimetière de ces fiers Parsis, adorateurs du feu, du soleil, et ce que je vois en un cadre enchanté me semble un horrible cauchemar.

Dans un jardin merveilleux, trois tours blanches, trois tours trapues, au-dessus desquelles un nuage d'oiseaux sinistres plane... pourquoi?

C'est que les Parsis ne brûlent pas leurs

morts, que là sont exposés les cadavres et le couvert dressé pour les vautours.

La plate-forme de ces édifices est disposée en trois cercles inclinés; au centre un puits profond.

Les dépouilles des hommes occupent le cercle supérieur, celles des femmes le cercle intermédiaire, celles des enfants celui qui enserre le puits; à chaque nouvelle aubaine les grands oiseaux carnassiers accourent, et leurs becs crochus ont bientôt fait table nette. Cette curée humaine est abominable.

Au fond du puits sont des pierres filtrantes qui purifient les eaux de pluie mélangées de sang et de détritus, car selon la doctrine parsie rien de ce qui pourrait la souiller ne doit retourner à la terre.

Il faut oublier ces choses, regarder au loin, par delà les verdures de ce jardin funéraire, les grands océans de palmes, la mer de saphir, la lumière, la vie.

IX

TEMPLES SOUTERRAINS D'ELLORA

Très poétiquement, au clair de la lune, à la façon de maître Pierrot, le grand péninsulaire soufflant et mugissant, nous promène au milieu d'un immense panorama de montagnes baignées de lueurs bleuâtres. Hélas! que ne peut-il nous conduire jusqu'au but; elle vous invite si délicieusement à la paresse, la couchette que l'administration met généreusement à la disposition de tout voyageur de première ou de seconde classe!

Dans l'encadrement des portières les constellations qui courent comme des folles semblent avoir monopolisé à leur profit tout droit au mouvement.

Il n'y a pas à dire, à l'heure où le clairon du coq déchire l'air — c'est ici le monde renversé — il faut que je retrouve mon guide-interprète, ce qui n'est pas une petite affaire, et que dormi-dormant nous enfourchions deux

braves *tatoos* (1) qui, bien lestés d'avoine,
nous portent gaillardement à travers une contrée sauvage, à peine habitée.

A midi, halte sur la terrasse d'une pagode
qui mire sa silhouette aux eaux brunes fantas-
tiquement découpées en dentelle par la blancheur des nénuphars d'un étang sacré.

Le soleil brûle en conscience, l'azur reluit
sans un nuage avec l'éclat d'une énorme tente
de satin.

A l'horizon, une ligne de collines fauves apparaît, enserrant de leur étreinte de pierre l'am-
phithéâtre colossal que choisirent pour y édi-
fier les plus étonnants chefs-d'œuvre de leur
art, les anciennes races hindoues; là furent
creusées, taillées, sculptées, en plein roc vif,
ces retraites silencieuses d'une somptuosité sans
égale, qu'habitèrent leurs innombrables divinités.

Après un repos de deux heures, nous laissons
nos chevaux à la pagode et nous nous remet-
tons en route, fort empêchés, au milieu d'une
sorte de maquis broussailleux hérissé d'herbes
sèches, piquantes, qui croissent on ne sait
comme dans le sable ardent.

Malgré mes bottes préservatrices, j'avance

(1) Chevaux indigènes.

très prudemment; partout l'herbe ondule, tressaille, partout des formes inquiétantes fuient; toutes les espèces tortillardes et serpentines de l'Inde se sont-elles donné rendez-vous ici?

Tout cela ressemble à ces contes de nourrice, où des génies inférieurs cachés sous des formes rampantes gardent les abords des palais des dieux.

Les collines de tout à l'heure sont devenues montagnes, et me voici à leur base, déchirée en falaise abrupte. Au premier moment une grande confusion; des merveilles attendues je ne distingue rien, de près, très vite, l'œil démêle le prodigieux travail humain de celui de la nature.

Le nombre, la magnificence des temples, l'immensité, l'élévation inouïe de quelques-uns, la diversité poussée jusqu'à l'infini des détails, la richesse des bas-reliefs, la majesté terrifiante des statues démesurées, tout cela exécuté, fouillé en pleine masse de granit, saisit l'imagination, l'obsède d'une sorte de terreur.

La merveille des merveilles est le Kaïlas, ce temple colossal que soutient une légion d'éléphants gigantesques pressés les uns contre les autres, leurs têtes massives fléchissant sous le faix. La beauté de ce royal Kaïlas auquel une

ceinture de temples fait une somptueuse garde
d'honneur tient du prodige, stupéfie.

Frises chargées d'hommes ou d'animaux,
colonnes lisses ou cannelées, terrasses, pyramides, chapelles aériennes presque suspendues
dans le vide, tout cela ne semble pas un travail
humain, mais celui de quelque race de titans
disparue. Fait unique au monde, le Kaïlas,
après tant de siècles, demeure intact, absolument intact, inattaquable, indestructible,
comme ces parois de pierre dont il fut détaché.

Tel un écrin préservant avec un soin jaloux
un joyau unique, la montagne encadre l'é-
norme temple sur trois côtés, la façade seule
regarde la grande plaine rousse à ses pieds; sur
les degrés des lézards frétillent, font luire sous
le soleil des reflets brusques de saphir et d'émeraude, des écureuils d'un beau brun doré jouent,
se poursuivent en sauts prestes, avec de petits
cris vifs, guillerets, à l'aise, tout à fait chez eux.

Après un travail gymnastique des plus ardus
aux flancs du rocher, les mains quelque peu
écorchées, couvert d'antique poussière remuée,
j'atteins enfin ces cavernes mystérieuses qui,
dit-on, s'enfoncent au sein de la terre à des
profondeurs jusqu'ici inexplorées.

Frrrt! des ailes de chauve-souris me rasent

le visage, elles volent inquiètes, apeurées, fort
mécontentes assurément de mon intrusion ; ces

Fig. 21. — Le temple de Kaïlas, taillé en plein roc, en pleine montagne
de granit.

caves sont leur bien, leur domaine, elles y rè-
gnent, y pullulent et je suis en vérité fort au-
dacieux de les venir troubler.

Mes yeux peu à peu s'habituent à la demi-
obscurité ; je distingue dans l'ombre de mons-

trueuses silhouettes de dieux géants dont les bras multiples brandissent toutes sortes d'effrayantes choses : armes, squelettes, chapelets, crânes, effrayantes effigies qui portent enlacés à leurs cous, à leurs reins, des serpents, symbole de l'éternité. Je vois luire l'or de leurs yeux obliques, de leurs vêtements, des fleurs de lotus sur lesquelles ils sont accroupis, et elle n'en finit pas, cette procession de divinités colosses ; elle s'abîme, se perd dans les profondeurs noires.

Des milliers de lourds piliers taillés à même le roc soutiennent les voûtes écrasantes dont le défilé est interminable; ce travail qui semble dépasser les forces humaines inquiète la raison.

Tout à coup, dans une des grottes que la main de l'homme a dégrossie à peine, une apparition saisissante, de taille colossale se dresse; c'est Çakya-Mouni, le doux Bouddha rêveur. La tête calme touche la voûte, les mains mollement croisées sur les genoux, les yeux mi-clos, il sourit béatement, roi de ces ténèbres, roi de ce silence, et ce sourire est reposant après les visions tourmentées des cavernes voisines.

Dans ces caves déjà la nuit se fait plus épaisse, et par l'ouverture éclatante de lumière, tout là-bas, je vois le soleil s'incliner, dorer plus vio-

lemment la teinte ardente des jungles ; il faut
partir... Las, comme écrasé sous le poids de
trop de merveilles, je prends congé du Bouddha
placide, du rêveur éternel dont le sourire me
suit.

Nous atteignons bientôt un petit village que
domine le toit conique d'une pagode ; le brahme
qui la dessert nous désigne comme abri une
case en construction, presque terminée du
reste, où l'on nous apporte des nattes, du riz,
des bananes, des cocos. Bien frugal tout cela
pour un appétit d'Européen qui vient de se livrer à de si étranges exercices et a dépensé
une si forte somme d'admiration et d'enthousiasme, mais dans l'Inde comme dans l'Inde,
contre maigre fortune bon cœur !

Cependant quel que soit mon appétit, je
m'offre, avant de faire honneur à cette dînette
d'ascète, le régal d'une baignade dans le lac
qui, contre toutes les règles de la tradition,
me paraît à peu près limpide.

Ces enfants hindous sont presque toujours
des miracles de beauté ; près de moi s'ébat un
petit bonhomme de quatre ou cinq ans, baby
quasi noir, beau comme un astre, baby aux
yeux immenses où luisent positivement deux

étoiles, ceci dit pour ne pas sortir des comparaisons sidérales.

Il barbote, il nageote délicieusement là dedans, souple et mignon, avec des mouvements gracieux de jeune chat qui s'ébroue.

J'adore ces moutards, et j'attends celui-ci sur les marches de la pagode. Je m'emballe, en artiste, sur cette frimousse ravissante; il me la faut devant mon objectif, ce sera la perle de ma collection.

Grâce à quelques piécettes neuves et surtout à l'application contre son oreille de ma montre au gentil tic-tac — vieux moyen toujours neuf, toujours bon, qui ne manque jamais — je conquiers mon petit Hindou; il rit, il est ravi, le rire lui va bien; décidément on n'est pas beau comme ce petit être là!

J'explique mon désir au guide qui se fait indiquer la case paternelle; nous y courons aussitôt, on m'accueille à merveille, je crois pouvoir présenter ma requête.

Mon interprète explique tant bien que mal ce qu'est une photographie. Diable! cela ne va plus comme sur des roulettes, non, pas du tout, du tout; les figures naguère souriantes se rembrunissent, le père et la mère se consultent à voix basse, l'air anxieux.

Faire des portraits sans pinceaux, sans couleurs, cela ne leur semble pas naturel et frise singulièrement la sorcellerie; quelque *dewa* ne sortira-t-il pas de cette boîte extraordinaire dont on leur parle, et ne se jettera-t-il pas sur le petit pour le dévorer? En tous cas la chose demande réflexion, on verra demain, oui, demain on me répondra.

Pour aider à ces réflexions et me rendre favorables les dieux que l'on va certainement consulter, j'offre un nombre respectable d'*annas*, l'éternel système de séduction opère son effet accoutumé, les figures se détendent, s'éclairent, il y a quelque espoir.

Six heures du matin. — Tout mon monde d'hier, y compris le chérubin de bronze, est déjà à la porte de ma case, la nuit a été bonne conseillère, j'ai bataille gagnée. Pendant que mon interprète discute encore pour la forme, je l'espère du moins, je dresse l'inquiétante machine... Aie! un froid, un mouvement de recul... Vite le sac aux annas et grandissime distribution. C'est étonnant comme l'argent, ce métal blanc qui n'a pas de langue, fait taire toutes les autres quand il entre en jeu.

Plus d'objections; la chose est définitivement

entendue; je puis faire un instantané de mon
petit bonhomme; mettons-y du soin, le modèle
en vaut la peine.

On m'apporte une table que je dresse contre
la case, et sur ce piédestal improvisé, drapé de
ma couverture de voyage, j'installe le baby
avec tous les tâtonnements obligés en pareille
circonstance, les petites jambes croisées, le
bras gauche appuyé sur le mollet rond et dodu.
La mère qui tout doucettement s'apprivoise
me fait remarquer qu'il est préférable de placer
là le bras droit parce qu'il est orné d'un bracelet... Que c'est bien hindou! et de partout
d'ailleurs! Je suis bon prince et accède sans
difficulté à ce désir.

Derrière l'enfant j'étale un large éventail en
feuille de palmier légèrement crevé çà et là,
un détail, et l'égaie de quelques fleurs... C'est
gentil, d'un exotisme assez réussi; le soleil
s'en mêle, en attendant de jouer le grand rôle
il fait joujou dans les jolies boucles noires, les
pique d'étincelles. Les yeux largement ouverts
sont légèrement mélancoliques, presque inquiets; aurait-il peur ce chérubin? Pressons
un peu la chose.

Ne bougeons plus!... Crac! c'est fait! Il a
posé comme un petit homme, cet amour; je

développe mon cliché, on s'extasie et cependant dans la façon à la fois effarée et craintive dont ces braves gens me regardent, je sens la terreur revenue et lis cette pensée sur leurs

Fig. 22. — Le soleil fait joujou dans les jolies boucles noires, les yeux largement ouverts, sont un peu mélancoliques.

visages : « Méfions-nous : cet homme d'outremer est un magicien ou un génie. »

Bon ou mauvais génie, là est la question palpitante; ils y réfléchissent, très préoccupés; en attendant, ce qui me semble le plus clair, c'est que ces fils de Brahma, maintenant qu'ils ont mes annas, ne seraient pas fâchés de me voir prendre le large.

Je ne veux pas les tourmenter plus long-temps; j'embrasse une dernière fois mon petit ami qui me rend mon baiser avec la jolie spontanéité de son âge, j'emballe l'appareil mysté-rieux et tout joyeux de ma bonne aubaine... en route pour Bombay!

Bombay.

Finie cette grande et superbe étape sur la terre hindoustanique; finis les grands panora-mas de forêts géantes sous le ciel ardent, fini l'échelonnement des temples, des palais de rêve sur les bords enchantés de ses fleuves; fini l'éternel pullulement des torses nus, des hommes au teint de bronze et de toutes les variétés du bronze; finie l'apparition poétique et noble de ses femmes voilées à l'antique, aux yeux sombres et doux!

Dès six heures du matin je monte à bord du grand steamer qui tout à l'heure, dans le tumulte habituel de chaînes, de cloches, de l'onde remuée, de sifflets et de mugissements, va commencer sa marche en avant vers la pâle Europe, et voilà que tout à coup je me sens envahi de l'étrange et particulière nostalgie de cette Inde splendide et merveilleuse, fille du soleil, incomprise peut-être, un peu folle aussi, mais uniquement belle et qui n'a pas déçu mes beaux rêves.

Déjà à l'arrière se creuse un large sillon blanchissant d'écume furieuse ; tout là-bas les montagnes s'abaissent, les forêts semblent fuir ; dans une brume vaporeuse Bombay se noie, peu à peu se perd.

Maintenant nous longeons une terre basse, îlot d'émeraude dans le grand océan d'azur et comme nous filons à toute vapeur, comme va disparaître l'île jolie, un appel de gong vient jusqu'à nous, et, tout de suite c'est un rappel de la petite pagode de village avec son beau lac sacré, l'image de deux yeux d'enfant splendides et caressants qui nous jettent leur lumière, cependant que par delà les sables jaunes et la jungle brûlée où grouillent les serpents, dans l'ombre des vieilles cavernes, nous revoyons, le sourire paisible du Bouddha colossal, du doux rêveur Çakya-Mouni.

FIN.

TABLE

TYPOGRAPHIE FIRMIN-DIDOT & Cⁱᵉ. — MESNIL (EURE).